唐宋文脉

夏 秋 编著

LITERARY TRADITION OF
TANG AND SONG DYNASTIES

复旦大学出版社

内容提要

这是一部全面描述唐宋时期文学发展脉络的著作。作者将关注的重点放在文学发展规律的把握上，作宏观的整体扫描，力图描绘出我国古代文学从唐代的"唐音"转型而为宋代的"宋调"的过程，以及各自的特点。作者从大家习熟的材料中读出新意，不食别人牙慧，但不作新奇之论，立论力求公允平和，以客观返回历史本真为目的，体现了历史唯物的态度。

全书共分十章，分别介绍初唐文学、盛唐文学、中晚唐文学、五代文学、北宋前期文学、北宋中后期文学、南宋前期文学、南宋中后期文学、辽金文学。

前言

第一章　初唐文学
　　第一节　概要　　　　　　　　3
　　第二节　南北文风的融合　　　6
　　第三节　"四杰"的情志　　　9
　　第四节　格律的成熟　　　　13

第二章　盛唐文学
　　第一节　概要　　　　　　　19
　　第二节　豪纵情怀　　　　　20
　　第三节　山水情趣　　　　　25
　　第四节　边塞风光　　　　　29
　　第五节　伟大的杜甫　　　　33

第三章　中唐文学
　　第一节　概要　　　　　　　41
　　第二节　乐府精神的传承　　43
　　第三节　古文的复兴　　　　48
　　第四节　传奇的发展　　　　53

第四章　晚唐文学
　　第一节　概要　　　　　　　　　　　59
　　第二节　细约婉美之风　　　　　　　61
　　第三节　词的开拓　　　　　　　　　65
　　第四节　通俗文学的繁荣　　　　　　70

第五章　五代文学
　　第一节　概要　　　　　　　　　　　75
　　第二节　缘情绮靡的南唐　　　　　　76
　　第三节　轻艳浮薄的西蜀　　　　　　81
　　第四节　诗词合流　　　　　　　　　83

第六章　北宋前期文学
　　第一节　概要　　　　　　　　　　　89
　　第二节　"唐音"延续　　　　　　　　90
　　第三节　市井新声的兴起　　　　　　93
　　第四节　以文为诗　　　　　　　　　97

第七章　北宋后期文学
　　第一节　概要　　　　　　　　　　　105
　　第二节　古文的再盛　　　　　　　　107
　　第三节　伟大的苏轼　　　　　　　　110
　　第四节　苏门文士与江西诗派　　　　115
　　第五节　词的格律化　　　　　　　　119

第八章　南宋前期文学
　　第一节　概要　　　　　　　　　　123
　　第二节　爱国激情的喷发　　　　　125
　　第三节　中兴四大家　　　　　　　129
　　第四节　豪纵的辛词　　　　　　　133

第九章　南宋后期文学
　　第一节　概要　　　　　　　　　　139
　　第二节　"江湖"中的诗人　　　　　141
　　第三节　骚雅词派　　　　　　　　143
　　第四节　宋末的绝响　　　　　　　146

第十章　辽金文学
　　第一节　概要　　　　　　　　　　153
　　第二节　借才异代　　　　　　　　154
　　第三节　元好问的集大成　　　　　155

后　记　　　　　　　　　　　　　　　159

  对于历史,我总是怀着敬畏之心,因为那片言只语背后,总有十分鲜活的故事在,而我们现在的人文环境,已经与故事发生的时候有了巨大的不同,一不小心,将我们的人文环境换作历史的背景,就会让古人蒙冤,而这种冤屈古人又无法辩解。后人如果以我们的结论为基础,再投射他们的人文环境,那这历史的沉冤就是冤上加冤。上下五千年的历史,在我们今人的眼里,真不知还剩下多少历史的真相。所以在面对古代文学的时候,我总是存着一个心愿,就是尽我所能地尝试还原历史。

  对于唐宋文学,我一直认为,应该寻找其各自的特质所在,寻找其发展变化的脉络。所谓一代有一代之文学,任何形式的褒唐贬宋,或者褒宋贬唐,都不可能恢复历史的真实面目,只能是肢解历史,因为历史不是我们的玩偶,它以自然态存在,褒贬皆无损益。在历史的面前,我们所能做的,只能是还它一个真实的面目,尽力找求其发展的规律,把握着它,以便趋利避害,或者对现实提供一些经验的借鉴。当然,这并不是说,我们对古代文学、文人不能作出自己的判断,只是我觉得一切是非的评判,都不应该以现实的道德价值观念为基础。做关于古代的任何一个领域的研究,都必须假想自己回到了那个历史场景,用心去体贴,才能逼真。我是这样想的。

  因此,本书在对唐宋文学进行简略介绍的时候,我把主要的精力放在唐音是如何一步步演变成为宋调这一点上，而这个判断，又有一个前提，就是我认为古代文学的发展，是民间文学一轮轮演进为士大夫文学的过程。唐宋时期正处在诗歌由极盛走向衰落、词由民间走向极盛的时期，而且，我以为古代小说也有一个由魏晋小说到唐传奇达于极盛至宋则衰变为笔记小说的过程，至于后来的明清小说，却并不是唐传奇的再盛，而是另有其源，是从源自市井的宋元话本演进而成的。这是一个巨大的转型，这个时期实现了这一转型，是我国古代文学史中至关重要的一环。

基于这样的考虑，我把唐宋文学的发展分为十个阶段，每个阶段以一章的篇幅来介绍，每章的第一节，或者简要地介绍一下历史的背景，或者说明一下那个时期需要特别注意的问题；第二节至第四节，基本上是从三个方面介绍各个时期文坛上的主要情况，勾勒其演变的脉络。其中盛唐和北宋后期文学两章，特别将杜甫、苏轼单列出来作为一节，是想说明这两位文人以其杰出的创作实绩，成为古代文学史上并峙的双峰。我之所以这样做，是想打破尊唐、崇宋的局限，说明"一代文学"总有一代文学特别引人注目的地方。不仅如此，我还将五代文学置于唐宋文学转化的关捩点来看待，将宋末、金末文学作为宋元文学转化的关捩点来看待，特别对五代时期诗词合流的情况作了简要的介绍，就是想从文学史的角度，将唐代与宋代贯穿起来看，强调"易代文学"总有易代文学特殊的意义。

作为"概论"性质的教材，我尽可能不对作家进行生平介绍，不对作品进行分析阐述，而将主要笔墨花在一些文学现象的描述和现象背后可能隐藏着的规律进行把握上。这么做的目的，一方面，是希望让读者从大处开始接触古代文学，不拘泥于细节，以便有利于帮助形成一个整体的概念；另一方面，是想将来时机成熟，编一本与这本书相配套的作品选，那时，作家的生平和作品的分析，就都有了，读者可以对照着看，择善而从之。

另外还要强调一点：书中的某些观点，不可避免地带有本人的偏见，虽然我心里一直想还原历史，但是也知道，历史是不可能被我们还原的，我们所能做的，就是尽一切努力向那个原始的本真靠近。每个研究者的观点，都或显或隐地带有自己的偏见，如果自己不能剔除，就让读者帮助剔除吧。我的意思是，读者完全可以由此作为引发，带着怀疑甚至否定的态度，对书中涉及或者未涉及的文学现象作出自己的判断，那是我希望看到的。

第一章 初唐文学

唐宋文脉
TANG SONG WEN MAI

第一节 概 要

中国古代文学发展到隋唐五代时期，达到了一个全面繁荣的新阶段，特别是诗歌的发展，更是步入了高度成熟的黄金时代。李唐一代，共计不到三百年，留存至今的诗歌，却多达五万余首，各具个性的诗人、风格迥异的诗派，共同绘就唐代诗歌那朵绚丽的奇葩。

诗人当中，李白、杜甫，如双峰并峙，是我国整个古代诗歌史上不可企及的高峰。散文方面，以韩愈、柳宗元为代表，撰文一改骈丽文风，尚散体单行之风，兴起"古文运动"，创作了大量传记、游记、寓言、杂说等新型短篇散文，成为古代散文的典范精品。小说创作也有了新气象，打破六朝志怪小说格局，涌现出一大批独具机杼、富于文采、构思奇特的传奇作品。通俗文学也在这一时期有了长足的进步：变文之类通俗讲唱文学在民间广泛流传；词的创作从民间转向文人，从萌芽走向成熟，为后代抒情文学的新发展开拓了道路。

为什么我国的古代文学在唐代会出现全面繁荣呢？这是个很难回答的问题，因为原因十分复杂，是多方面的。一般可以从内因、外因两方面分析。从内因分析，可以将之归结为文学自身的不断发展和走向成熟；从外因分析，则与当时的社会文化氛围有着十分密切的联系。

先分析与文学直接相关的因素,就算是内因,这是促使质变的根本动力。我们知道,从先秦到汉魏六朝,我国古代文学经历了一个漫长的发展历程,虽说骈文作为官方认可的通用文体,在正式场合占有无可替代的地位,但是,诗歌、散文、小说等文体,经过历代文士的不断努力,也积累了十分丰富的创作经验。特别是魏晋以来,乱世激荡生命的感悟,佛老开启智慧的大门,情感的喷涌、人生的思索,都在文学创作中得到了充分的体现,成就了鲁迅先生所谓的文学的自觉。不同的思想倾向和创作理念都有了较前代更为充分的表现,题材领域的开拓,不同文体的尝试,都在此时依次展开。声律的运用,语言的翻新,技巧的创造,风格的更迭,可谓花样翻新,层出不穷,为唐代文学的繁荣和发展,奠定了坚实的基础,提供了借鉴的范式。

更值得重视的是,唐代作家对前代文学遗产采取了正确的接纳的态度。涌潮般的外来文明,宽松的社会文化,高度自信的人文精神,使唐人对待前代的文化遗产,包括文学遗产,采取了一种平静宽容的拿来主义的态度:兼容并包,只求为我所用,既非全盘否定,也非完全接受,而是带有批判地继承,推陈而出新。这对创造唐人的人文精神,形成特定的唐代文学的品格,是至关重要的。

也许,六朝纷争的尔虞我诈、隋唐更替的腥风血雨,给敏感的人性涂抹了太多痛苦的色彩,而李唐扫灭群雄、寰宇一统的全新格局,以及万国朝拜的帝国荣耀,给新生代的唐人注入了太多的自信和豪情,生命的崇拜、生活的热爱,刺激他们发自内心地想见诸讴歌:上自君王,下至平民,整个社会对于诗歌的喜爱,对于诗歌创作的热情,形成浓郁的情感氛围,成为唐诗繁荣的肥沃土壤。而古文运动的兴起,传奇的繁荣,前者多得益于儒学复兴的催化作用,后者则借力在唐代科考士子"温卷"的习气吧。

再分析社会生活和文化氛围,就算是外因,这是促使质变必不可少的条件。首先要提到的当然是经济的繁荣,隋唐实行均田制,把国家掌握的官田、失主田地、荒地分配给无地或少地的农民,用以租佃为主的庄园经济,代替部曲役使的豪门经济,这一方面削弱了佃户对土地,也就是对地主的人身依附,另一方面又增加了百姓对国家的依靠,与这种均田制相配套的,是"租庸调"税法的实行,更加增强了政府对经济对百姓的掌控力。这一系列削弱豪门地主资源掌控制度的出台，有效地改变了生产关系，使唐朝的国力迅速强大起来。

特别需要指出的是，唐朝的城市经济十分繁荣，很好地促进了商业经济的发展。作为一个疆域辽阔的大帝国，唐代的城市规模和繁华程度，达到了空前的高度，代表了当时世界经济的发展水平。唐都长安，其规模之巨大，建筑之精巧，设施之完备，功能之齐全，都堪称是当时的世界之最。作为当时的一座超级国际大都市，其南城商业区还聚居着中亚、波斯、大食等国的外商。长安之外，洛阳、扬州、广州、成都、凉州等城市也都非常繁华富庶。在这些城市里，商业、手工业都十分发达。绫绵、陶瓷、纸张、金属制品等都达到很高的水平。

其次是宽松的社会氛围造就了生机勃勃的社会文明。如果说城市是一个个经济文化各具特色的繁荣的点，那么，联系这些点之间的发达的交通，却将他们融为一体，使之互相交融，共绘出色彩斑斓的大唐盛景。除健全的国内交通体系之外，唐朝的对外交通系统也十分完备，为社会文明的交融和创新提供了方便。当时，几乎所有的亚洲国家都跟唐朝有经济文化上的往来，与朝鲜、日本、印度及中亚各国关系尤为密切。此外，宗教文化上的三教并重政策，对其他宗教学说的接受，对文人思想的活跃也是很有利的条件。

第三是士人群体价值观的更新。唐承隋后，有惩于士族统治近四百年的分裂动乱，采取了一些限制豪门士族和照顾中小地主阶级利益的政策，在扩大其统治基础的同时，也使得新一代士人群体的价值观念占据了主导地位。

为了扩大统治基础，隋唐统治者在用人方面也进行了制度改革，不再用魏晋以来的保护士族特权的九品中正制，而是实行科举制选取官吏。而且唐代科举对"才"的评价也有一定的特色，即："身"（体貌丰伟）、"言"（言辞辨正）、"书"（楷法遒美）、"判"（文理优良），可以称得上是全面考察，而不仅仅是看文章字句。这样的用人标准，为社会中下层文士甚至贫寒有志之士开启了比较宽广的仕进之途，激发起他们对功名事业的种种幻想。

全新的社会制度、宽松的社会环境与充满活力的人才机制，都有利于新的人、新的观念的成长，从而也就为文学的繁荣奠定了基础。

下面，我们便以历史为线索，对唐代文学作概要说明。

第二节 南北文风的融合

隋文帝统一南北后，国势渐趋富强，文学上也是渐扇新风。北周时，苏绰曾提倡过复古之风，隋文帝于公元五八四年曾诏令"公私文翰，并宜实录"。虽然不可能从根本上改变文坛风气，但也产生了一定的影响。因此，隋朝在文帝时期，一些原是北朝的诗人如卢思道、杨素、薛道衡等，都曾写过一些边塞诗，咏军旅苦况，质量虽然不高，却是真情流露，少了无病呻吟的病态和做作，给人新风渐扇之感。如：卢思道的代表作《从军行》，刻画征人思妇遥相思念的苦情，同时婉讽热衷功名的将军。感情真挚，语言清丽，多用对偶，整饬流转，颇具早期七言歌行的特色。再如杨素，身为隋朝开国大臣，诗也写得很不错。《出塞》诗描写塞外荒寒景色，是他领兵出塞同突厥作战生活体验的真实反映。

这些人当中，薛道衡是艺术成就最高的。《昔昔盐》是他最著名的作品，该诗以代言体描绘思妇征人相思痛苦，乃歌行传统主题，诗风绮丽，诗思婉转，同时夹杂齐梁轻靡词句，整体风格可谓不脱旧迹，但是，"暗牖悬蛛网，空梁落燕泥"一联，却能透过环境细节的描写，刻画出思妇孤独寂寞的心境，显示出艺术上的独创性。他另有一首小诗《人日思归》，借旅人计算归期的细微心理活动，传递出对家园亲人的思念之情，颇有含蓄不尽的趣味。

但是，在整个隋代，南北朝时期特别是齐梁浮艳文风的影响一直存在，并且占据着统治的地位。来自南朝的诗人如江总、虞世基、虞世南等，都带着很深的积习；北朝的文人也多趋慕南风，整个文坛上是以南压北的。文帝之后，炀帝即位，一反其父之志，喜欢荒淫享乐、粉饰太平的宫体诗风，更助南朝文风的复辟。文坛上那点清新刚健气息，便散似浮云了。

第一章 初唐文学

虞世南
——清康熙七年(1668年)刻本《凌烟阁功臣图》

唐承隋后，新的政治体制影响下的下层文士还没有走上仕途和文坛，文臣多半是深受齐梁影响的前朝遗老，唐太宗本人对齐梁文风也十分爱好，不仅自己带头写淫靡浮艳的宫体诗、富丽呆板的宫廷诗，还以皇帝的身份，命令魏徵、房玄龄、虞世南等大臣编纂《北堂书钞》、《艺文类聚》、《文馆词林》等各种类书，大助运典藻饰文风。这时的遗老诗人代表是虞世南。此人长于宫体，乐于奉和，在陈朝时，就曾因"文章婉缛"、"徐陵以为类己"而知名。隋代时他写过《应诏嘲司花女》等宫体诗，入唐以后的作品，几乎全部是奉和、应诏、侍宴之类。上行下效，齐梁风气便继续蔓延。继虞世南之后的代表诗人是上官仪，此人颇受太宗、高宗宠信，其诗十有八九都是奉和应诏之作，"绮错婉媚"，好在他于对仗特别用功，把作诗的对偶归纳为六种，虽然不免有胶柱鼓瑟之嫌，但对律诗形式的发展与成熟，无疑起了一定的促进作用。

随着时间的推移，新生代的庶族阶层通过自己的努力，终于获得了社会的认可，开始在政治上崭露头角的同时，也开始跻身文坛大放异彩了，它一萌芽，便再难扑灭，于是，唐音初试，代表一代文学的气象，从此开启。

追根溯源，唐初政治体制、经济体制的变革，已经使一部分有识之士意识到，必须有新的文化体制与之相匹配。但是，文化上的创新，不可能像政治、经济那样，简单地因体制上的变革就能见到实效，而国力的大盛，外来文明的巨大冲击，又使这个命题不能回避，因此，在南朝文风弥漫宫廷之时，魏徵等人，借着历史成败的经验，提出了很可贵的南北文风融合的主张，即融北方的贞刚之气于南朝的柔靡之风当中。

当时宫廷文坛的状况，可以简单地这么描述：一批以关陇士人为主的文人，多为史臣；一批以南朝士人及其追随者为主的文人，多为文侍。文侍们倚重声律辞藻，见诸咏歌，长于宫体，以轻艳纤弱获得皇帝青睐；史臣们真挚朴厚，以历史成败论事势，议事为文都贞刚壮大，富于气势，但短处在于简古质朴，理胜其词，往往显得粗豪无文，难得受君王重视。魏徵等人身为贤臣能吏，要想将太宗从宫体风气中拉出来，一味强调北朝文风，显然是不太现实的，为了达到进谏之言为皇帝采纳，他便提出了一个南北文风融合的新命题，主张用南朝文学的声辞之美，去表现新兴朝廷的恢宏、刚健。魏徵在《隋书·文学传序》中，有一段这样的表态，一直被认为是当时文学主张的典型：

> 江左宫商发越，贵于清绮，河朔词义贞刚，重乎气质。气质则理胜其词，清绮则文过其意。理深者便于时用，文华者宜于咏歌。此其南北词人得失之大较也。若能掇彼清音，简兹累句，各去所短，合其两长，则文质斌斌，尽善尽美矣。

"各去所短,合其两长"文学主张的提出,客观上是唐朝大一统后,文化上的必选,也许进言的魏徵和纳谏的太宗,都没有意识到这个文化政策可能带来的巨大后果:当长安作为国际化大都市耸立在那里,诸多外来文明大量涌入的时候,南北融合的主张,其实是兼容并包世界一切先进文化的口号,南朝、北朝,就像中国文化中一阴、一阳"二仪"那样,代表着两种不同性质的文化因素,其实是涵盖一切文明积累的。这个主张的提出,不可能像经济、政治体制上的变革那么立竿见影,却是意义深远的:试想一下,缺了这"二仪"中的任何一个方面,哪里还会有"盛唐气象"?落实到文学上,没有了这种兼容并包的精神,哪里会有"盛唐之音"?

文化政策的制定,在国家政策的层面上,往往会滞后,文化政策对文化建设的作用,也往往有滞后效应。魏徵们可以提出这样的文化建设的主张,太宗们也可以实施这样的文化政策,但是,魏徵没有能力去实践他的文化主张,唐太宗也不可能因为这个政策就不写宫廷诗歌了。文化思想、文化建设的实现,只能依靠那些在相应的政治、经济体制下培养起来并因而高度认同与这种政治、经济制度相辅相成的文化思想、文化政策的文士,因为只有这些人,才是这一系列政策的受益者,才会真正用心去体会、酝酿这一切在他身上发酵所产生的神奇效果,才会发自内心地作情感上的投入,将之贯穿到文学实践当中去。

初唐时期实践这一文化政策的重担,历史性地落在了才高而位卑的"四杰"身上。

第三节 "四杰"的情志

"初唐四杰",是指初唐时期以独特文风活跃于文坛的四位年轻文人,他们

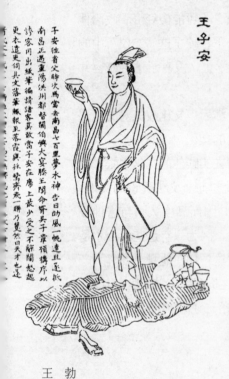

王 勃
[清]上官周 作
——乾隆八年(1743年)刻本
《晚笑堂画传》

是王勃、杨炯、卢照邻和骆宾王。"四杰"走上文坛，用他们卓有成效的创作，给初唐文坛带来了新风，使之摆脱梁陈旧轨，转向抒情言志。"四杰"当中，卢、骆二人生年较早，大约比王、杨长十余岁。仔细区别的话，四人的创作个性又各不相同，所擅长的诗体也各异：卢、骆长于歌行，王、杨长于五律。从他们擅长的诗体，可以看出，在他们先后走上诗坛的那前后十年，风气是有很大改变的。好在他们都是新制度的产物，有共同之处：确有文才，颇为自负，名高位卑，官小才大，下层知识分子内心那种博取功名的幻想和激情，郁积胸怀不甘居人之下的雄杰之气，赋予他们的诗歌以别样的生动，虽然不如豪门出身知识分子那般从容和淡雅，却于粗豪中见性情，在奔放里显真情。王勃《游冀州韩家园序》里说："高情壮思，有抑扬天地之心；雄笔奇才，有鼓怒风云之气。"正所谓夫子自道。

"四杰"在文坛一崭露头角，便怀着变革文风的自觉，有十分明确的审美追求：反对纤巧绮靡，提倡刚健骨气。杨炯在《王勃集序》中说："尝以龙朔初载，文场变体，争构纤微，竞为雕刻。糅之金玉龙凤，乱之朱紫青黄，影带以徇其功，假对以称其美，骨气都尽，刚健不闻。思革其弊，用光志业。"强调刚健骨气，矛头直指争构纤微的上官体，体现出一种批评的自觉。"四杰"作诗，重情怀抒发，好不平之鸣，多慷慨悲凉，以壮大的气势见胜，少受格律束缚，这样的表达方式，与古体诗的省净深刻、歌行体的浏亮舒畅很相吻合，他们喜欢这两种诗体，也是情理之中的事。特别是七言歌行，气势更加宏大，视野更加开阔，运笔跌宕流畅，抒情神采飞扬，最能体现这一特色,也最受卢、骆的喜爱。如卢照邻的《行路难》《长安古意》,从宏阔处落笔,作散发式联想,备言世事艰辛和离别伤悲,跨越古今,思索人生,蕴含强烈的时空兴亡感,满纸都是世事无常、人生短暂的伤悲。骆宾王也长于纵横驰骋、抒情感怀,情之所至,笔亦随之,篇幅或长或短,句式参差错落,工丽整练中显流宕气势,恰到好处地体现了其磊落情怀。

如果说卢、骆借歌行、古体抒情,还有旧瓶装新酒之嫌的话,那么,稍晚的王、杨,就开始使用经过改造的律体来抒怀,那就是新瓶装新酒了。与歌行、古体不同的是,律诗讲究律对,一旦谙熟此道,便可以很容易地将大跨度的事物,用对仗的方式作鲜明的对照,透露雄杰自负之气、慷慨悲凉情怀,有促人心惊的艺术效果。如王勃的《送杜少府之任蜀州》,堪称是"四杰"送别诗中最有名的一首。诗中"海内存知己,天涯若比邻"一联,写得尤其大气磅礴:对于为仕途奔波的"四杰"们而言,炽热的人生梦想,消融掉了大半的羁旅情怀和离愁别绪,郁勃的诗情中丝毫没有伤感,真挚的友情与互勉共励的意气洋溢诗表,明朗的心境与壮阔的情志潜运诗中,一段离愁别绪,因为这种大气,竟化为好男儿志在四方的英雄气概。

对于初唐"四杰"的诗歌,闻一多先生有比较精到的评价,他说:"卢骆与王杨选择形式的不同,是由于他们两派使命的不同。卢骆的歌行,是用铺张扬厉的赋法膨胀过了的

杨 炯
[清]上官周 作
——乾隆八年(1743年)刻本《晚笑堂画传》

卢照邻
[清]上官周 作
——乾隆八年(1743年)刻本《晚笑堂画传》

骆宾王
[清]上官周 作
——乾隆八年(1743年)刻本《晚笑堂画传》

乐府新曲,而乐府新曲又是宫体的一种发展,所以卢骆实际上是宫体诗的改造者。他们都曾经是两京和成都市中的轻薄子,他们的使命是以市井的放纵改造宫廷的堕落,以大胆代替羞怯,以自由代替局缩,所以他们的歌声需要大开大阖的节奏,他们必需以赋为诗。正如宫体诗在卢骆手里是由宫廷走到市井,五律到王杨的时代是从台阁移至江山与塞漠。台阁上只有仪式的应制,有'缔句绘章,揣合低昂'。到了江山与塞漠,才有低回与怅惘,严肃与激昂,例如王勃的《别薛升华》、《送杜少府之任蜀州》和杨炯的《从军行》、《紫骝马》一类的抒情诗。抒情的形式,本无须太长,五言八句似乎恰到好处。前乎王杨,尤其应制的作品,五言长律用的还相当多。这是应该注意的!五言八句的五律,到王杨才正式成为定型,同时完整的真正的唐音的抒情诗也是这时才出现的。"这一段论述,对初唐四杰的创作风格,以及他们在唐诗发展史上的地位,都作了十分精确的评说,至今仍受到相当的重视。

继四杰之后,以更坚决的态度起来反对齐梁诗风,并在理论和创作实践上都表现出鲜明创新精神的诗人,是陈子昂。在理论主张上,他那篇著名的《修竹篇序》是这么说的:

　　文章道弊五百年矣,汉魏风骨,晋宋莫传,然而文献有可征者。仆尝暇时观齐梁间诗,彩丽竞繁,而兴寄都绝,每以永叹,思古人,常恐逶迤颓靡,风雅不作,以耿耿也。一昨于解三处见明公《咏孤桐篇》,骨气端翔,音情顿挫,光英朗练,有金石声。遂用洗心饰视,发挥幽郁。不图正始之音,复睹于兹;可使建安作者,相视而笑……

我以为，在唐代文学史上，这篇短文犹如一篇宣言，宣告真正唐音的开始。

陈子昂的诗歌创作，鲜明地体现了他的主张。《感遇诗》三十八首，正是其理论自觉基础上的创作实践。这些诗并非作于一时，诗风也各不相同，有的讽刺现实、感慨时事，有的感怀身世、抒发理想；有的寄兴幽婉，有的激情奔放；有的叙事慷慨沉痛，有的极具政论锋芒。《登幽州台歌》，将决意有为却无从出处的士人形象，置于浩渺苍穹、往古来今的阔大背景之中，人生的短暂、生命的渺小、生活的无奈等情感，与宏大的志向产生严重的背离，给人撕裂般的痛感，撞击着历代有着同样心理结构的读者，得到无数读者的深刻同情，可谓是齐梁以来两百多年中没有听到过的洪钟巨响。

诗歌理论与创作之外，陈子昂的散文，也有些与当时宫廷文坛不同的因素，这或许是四川地域文化的痕迹，或许是他的理性自觉。他文集中的对策、奏疏，都是用比较朴实畅达的散体文写成，这在唐代是开风气之先的。由于这些创造性的贡献，所以他凭着并不丰富的文学作品，便奠定了文学史上不可忽视的地位，成为"唐音"初成时期的一个代表性的人物。

第四节 格律的成熟

以"四杰"为代表的新生代初唐诗人，以他们的炽热的

沈佺期

感情，给诗歌注入了活力，但是，他们似乎无暇顾及尝试诗歌格律形式上的创新，只是为我所用地选择或者古体或者歌行或者律诗，也许在他们年轻的心里，急切地表达自己比格律形式完善更重要，是他们更愿意做的事，至于形式格律的精细化，对语言音乐性的精准把握，只能寄希望于有闲文人的积极投入。这一任务的完成，有赖于沈佺期、宋之问这类宫廷诗人了。

诗歌在形式上趋于整饬，语言音乐美逐步彰显，从先秦时的四言诗歌，到两汉的五言独胜、杂言纷呈，从屈骚到汉赋，都显示出不断演进的迹象。南朝时，因为佛经的翻译，促使声律论的出现，对汉语音乐性的发掘，便提高到了一个新的高度。但是，那时更多地关注如何不犯声病之忌，"四声八病"之说，是讲如何回避声病，不是从积极的方面引导诗人，如何才能更好地激发起诗歌语言的音韵之美。到初唐时期，随着创作实践的不断增加，以沈佺期、宋之问为代表的宫廷诗人，在继承前人的基础上，将齐梁声律之论，作简便实用的改造，变声律为格律，变被动约束为主动发掘，为"唐音"的音乐性"定调"。

在今人眼里，律诗的平仄律，似乎是十分高深的东西，实际上，在古代长于骈骊文字的人手里，可以说只不过是基本常识而已。用现代汉语对律诗平仄进行分析，也是简单的：五言诗的平仄，可视为"平平仄仄"或"仄仄平平"基本结构的稍微变化，一种是在第二个字后面插入一平或者一仄，变成"平平平仄仄"或"仄仄仄平平"，一种是在句末加入一平或者一仄，变成"平平仄仄平"或"仄仄平平仄"。之所以要加一个字，是因为两个词组一般难以成句，加一个表动作或者情态的词，就可以表达一个完整的意思了。将那四种句式以一定的"粘"、"对"规律组合起来，就成了律诗的诗句。为什么要"粘"或者"对"呢？无非是朗诵起来的时候，追求节奏和音韵更加完美罢了。至于七言律诗的格式，跟五言律诗完全相同，只不过是在每一句的最前面分别加上"平平"或"仄仄"两字即可。绝句呢？是律诗的一半，其格律要求，与律诗全同，当然，一部分绝句不完全受律诗"粘"、"对"的约束，就更加灵活了。至于律诗针对失对、失粘、出韵、拗救等提出相应的要求，可以参考相关方面的专业书，这里就不再展开了。

以声律论为基础，律诗得以迅速繁荣，自此，古代诗歌便分成律体诗与古体诗两大类型。总体上，凡不合格律的诗，都可称为古诗（或古风），既包括律诗形成前的作品，也包括后世的拟作。古诗与律诗主要有以下几点不同：一是字句不同。五、七律字数、句数均有限定；古诗则一句字数可长可短，一首句数可偶可奇。二是押韵不同。古体诗既可押平声韵，又可押仄声韵；律诗一般只押平声韵。再者，古诗可以换韵，律诗不能（排律例外）。古诗每句均可用韵，并可重韵；律诗只可在首句、偶数句用韵，且不得重韵。古诗可押邻韵；律诗则不能。三是平仄不同。古诗不拘平仄，不讲究"粘"、"对"；律诗则有严格的平仄规则，失"粘"、失"对"均为律诗之病。

初唐时在诗歌格律上作积极探索的，主要是宫廷诗人上官仪，继上官仪之后，武后时代的宫廷诗人，是号称"文章四友"的李峤、苏味道、崔融、杜审言，这些人也是这方面的能手。"四友"当中，杜审言的成就较高。杜审言是杜甫的祖父，他长于作应制诗，为了美化无病呻吟，跟其他宫廷诗人一样，将心思花在五律、七律的精致化上，客观上为格律的成熟起了推动作用。当然，他在宫廷的时间并不长，"十年俱薄宦，万里各他方"（《赠崔融二十韵》），多年的游宦，也使他写了一些较有真情实感的好诗。

跟"文章四友"同时或稍晚，在武后的宫廷里，真正把玩诗歌律对精到的，要数沈佺期、宋之问二人。这两位文士人品乏善可陈，但在律诗形式的定型上，却作出了重要的贡献。《新唐书·宋之问传》这么说：

> 魏建安迄江左，诗律屡变。至沈约、庾信，以音韵相婉附，属对精密。及之问、佺期，又加靡丽，回忌声病，约句准篇，如锦绣成文。学者宗之，号为沈、宋。

我们今天虽然看不到沈、宋关于诗律的言论，但是，从他们的诗作及此后近体诗在格律方面的要求看，沈、宋的作品，已在相当程度上将格律固定了下来，他们之后的近体诗，基本上就在他们诗歌所体现的律对要求的范围之内，他们从前人、旁人那里借鉴经验，又通过自己的诗歌实践，把已经成熟的格律形式固定了下来，完成了律诗"回忌声病，约句准篇"的任务，使得此后诗人创作律诗有了明确的格律可循。正因如此，沈、宋二人才被视为是律诗的奠基之人。

至此，"唐音"已经完成了定调的任务，只等伟大作家的出现了。

唐宋文脉
TANG SONG WEN MAI

第二章 盛唐文学

第一节 概　要

　　就像一个人要神完气足，必须骨骼劲健、血肉丰满、精神旺盛一样，盛唐文学要创造艺术的巅峰，也必须具备这些要素。通过前面的介绍，我们基本可以说，初唐诗歌从"宫体"迈向"宫廷"，就如同病态的美人走进阳光，是精神上开始走向旺盛；格律派诗人的尝试，使其骨骼劲健；"四杰"、陈子昂、张说等人的努力，使其血肉丰满。就这样，唐诗迈向繁荣的顶峰必须准备的条件，已经具备了，只需要天才诗人出现，将三者兼一身而有之，便可以创造出奇迹。

　　真是上天对盛唐特别眷顾，这样的天才诗人竟然出现了：一个叫李白，另一个叫杜甫。用红花绿叶作比也好，以众星拱月为喻也罢，总之，以李白、杜甫这两个伟大的诗人为中心，周围还有一批成就很高的诗人，这些诗人，按照思想倾向、题材内容和艺术风格等的不同，大致分为三派：一派是抒发豪纵之情的诗人，李白可以作为这一派的最大代表；一派是写山水田园闲适生活的诗人，王维可以称作是这一派的典型代表；一派是图画边塞风光、描写征戍生活的诗人，高适、岑参是这一派最优秀的代表。后人分别称之为豪纵诗人、山水诗人和边塞诗人。至于伟大的杜甫，可以说兼三派而有之，却又非三派所可束缚者。下面分别作简要介绍。

第二节 豪纵情怀

一提到盛唐的豪纵诗人，李白当之无愧是首屈一指的人物。李白的青少年时期，是在四川隐居读书、漫游求仙和仗剑任侠中度过的。后出蜀东游，在今湖北安陆成婚，并以此为中心，开始了十年漫游与干谒的生活，到头来大失所望，入长安求仕也以失败告终。之后，举家迁居山东任城，与孔巢父等隐居，号"竹溪六逸"，想借东山高蹈引起注意，获得入仕的捷径。果然，天宝元年，奉召入长安，一度颇为玄宗赏识，终因性格狂傲、行为放诞触怒权贵，由玄宗"赐金放还"，怅然离开长安，开始第二次南北漫游。安史乱发，入永王幕府。永王势败，受牵连长流夜郎，于流放途中遇赦放还。仕途几次大起大落，到手的机会也没有抓住，却仍热衷仕宦，后流寓南方多年，竟不能得其所愿，打算去投靠李光弼，又因途中生病作罢，改道当涂，投靠县令李阳冰，次年病逝。

李白的思想十分驳杂，儒、道、侠兼而有之，杂糅相处，共同熔铸了李白独特的精神气质。一方面，他接受了儒家"兼善天下"的思想，想要"济苍生"、"安社稷"；另一方面，他又接受了道家特别是庄子那种遗世独立的思想，追求绝对的精神自由，蔑视世间一切。此外，他还深受当时盛行的游侠思想的影响，敢于打破传统偶像，轻尧舜、笑孔丘，平交诸侯，长揖万乘。这三种思想，原本异质，很难兼容，李白

第二章
盛唐文学

李 白
——南薰殿旧藏《圣贤画册》

却以其浪漫的气质，将之凝练为"功成身退"的人生理想：任侠，使他敢于正视现实，蔑视权贵；仙道，为其排遣政治打击所带来的抑郁与悲愤、摆脱种种世俗烦扰返归自然奠定基础；侠胆、仙趣，与豪纵狂饮，使其精神意识常常处于一种膨胀的状态，从而形成了他特有的浪漫狂放、倨傲达观、飘逸洒脱的秉性气质，也决定了他的诗风飘逸俊朗、想落天外，同时，还影响到他的诗歌不太受格律的约束，而以乐府歌行和绝句最为擅长。

他的乐府歌行，一是借古题写现实，具有鲜明的时代精神（如《丁都护歌》、《侠客行》），具有深刻的寓意和寄托。在这些诗中，变幻莫测的想象，与吞吐山河、包孕日月的壮美意象交织错综，与诗人特有的狂放精神相融无间，意象衔接的大跨度，给人迷离惝恍、纵横变幻之感，造成极大的跳跃性。这样的审美追求，与简洁、鲜明而极具气势的词汇相结合，呈现出透明纯净、绚丽夺目的意象，形成诗歌清新明丽的风格特征。一是用古题写己怀，借旧题乐府所蕴含的主题和曲名本事，在某一点引发感触和联想，抒写自我情怀。诗人那脱去羁绊的气质、傲世独立的人格、易于触动而暴发的强烈感情，彼此呼应，共同构造出诗歌的鲜明特点：侧重抒写豪迈气概和激昂情怀，很少对客观物象和具体事件做细致的描述。如那首《行路难》，即以喷发的激情，抒写志士失意的悲愤，用抑扬顿挫的语调和不断变换的节奏，追摹情绪的冲动、情感的喷发，至于这种情绪背后的寓意，却在可解与不可解之间，既可谓之有所寄托，也可称为纯是感慨，全由读者去心领神会：可联系诗人的人生经历，索解他狂放的情怀；可联系读者的情怀意绪，别作会解；可沉醉于诗情之中，任情感起伏跌宕，纯作艺术审美。无论是哪种情况，都会令读者感到大气磅礴、慷慨激昂，读之使人心灵震撼。

总体上讲，李白的乐府诗，都是"借题发挥"式的，是在全面继承基础上的膨胀式的发挥，从文学史上讲，它完成了从汉魏古体到唐代歌行的根本性转变。首先，这些歌行貌似拟古，却处处有"我"在，展现出无法摹拟的个性特色。其次，诗人在选择乐府旧题时，常据古辞寓意和情感倾向，进行创造性的生发和联想，运用大胆的、夸张的、巧妙的比喻，突出主观感受，借纵横的文笔形成磅礴的气势。其三，诗人将浪漫的气质融入诗中，赋予古题乐府以新的生命，将乐府诗的创作，推上了一个新的高峰。最后，杂言错彩，句式多变，

第二章 盛唐文学

韵律跌宕，给人奔腾回旋的动感。这种动感，其体制、格调，俨然便是当时流行的歌行。因此，我们说李白的乐府，是将他之前的乐府传统作了全面的梳理，并发挥到了极致，将之推至一个前所未有的高度。

乐府之外，李白又擅绝句，以自然明快、清新俊逸为主要特色。如《独坐敬亭山》，片刻的超然意趣，人与自然相近的温暖，与山川灵性的相通，在两不厌的冥会中，默默地交融，无限的情思，蕴藏于简洁的语言当中，给人涵泳不尽的意味与情趣。还有他那些漫游江南时所写的小诗，也都体现出这一特色。

李 白
[清] 上官周 作
——乾隆八年(1743年)刻本《晚笑堂画传》

除了李白，豪纵诗人还有王昌龄、崔颢、王之涣等人。这些人多数是身怀大才却疏于细谨之人，处事往往不为社会所容，故而生平多艰。这使得他们作品中，常常有超脱凡俗的情绪爆发出来，虽然作品留存的数量不多，却几乎篇篇都是精品。

王昌龄性格豪爽，以七言绝句见长，号称七绝圣手。因为出身孤寒，加上受道教虚玄思想影响，诗思深刻，蕴有一般豪侠诗人所缺乏的深沉，无论什么题材，表达什么感情，格调或高昂开朗，或低迷凄婉，或雄浑跌宕，或爽丽自然，却总有一种清刚之美。他作诗讲究诗法，于豪爽俊丽之外，另有"绪密思清"的特点。被贬江南后，与王维、孟浩然等山水诗人交往，受南方文化氛围的影响，诗风转向清逸明丽，但清刚爽朗基调不改。而且，为了避免受七言绝句体制篇幅的限制，还创造性地采用联章成组的形式反映复杂的诗情，通过一组七绝，去完整地表达起伏的诗思。如歌咏边事的连章组诗《从军行七首》，

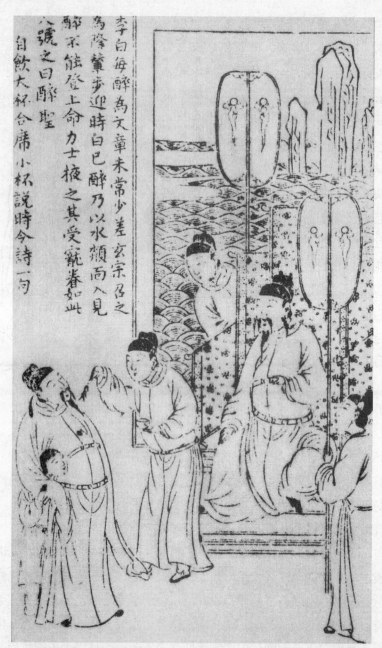

明皇欲得李白为乐章。召入，而白已醉。左右以水颒面，稍解。援笔成文，婉丽精切。
——明万历年间（约1615年）《酣酣斋酒牌》，黄应伸 刻

就是如此。这组诗由七首组成，前后意脉贯穿，清而刚，婉而健，被誉为七绝联章的神品。

另一位豪纵诗人是崔颢。此人早年有俊才却无士行，名陷轻薄，南游武昌后，忽变常体，风骨凛然，南方的人文景观、自然风物，洗练其狂侠之气，其诗便凭添了一层清丽空远的韵味。后来又入河东军，写了一些边塞诗，都是凛然有风骨。他那首《黄鹤楼》诗，甚至被后人称为唐人七律的压卷之作。诗中，作者以摇曳生姿的古歌行入律，前四句豪爽俊利，显得大气磅礴，气势雄浑。五六句对仗工整，给流走的气势以顿蓄之势，潜气内转，余势鼓荡，为末尾二句的敛势余韵作好铺垫。严格地按照七律的标准来看，这首七律并不完全合于规范，但古体峭健，律熟易弱，这样亦古亦律，大巧若拙，便多了高唱入云的雄健气格和清拔隐秀的律对韵致，反而成就了寄情高远的超妙诗境，将之视为唐代七律的压卷之作，也是当得起的。

还有李颀，也走豪纵一路。其诗中常常蕴含着狂生末路的郁勃不平之气，透出苍凉悲怆的赤子情怀。

第三节 山水情趣

山水田园诗在魏晋南北朝时已然兴起，谢灵运、陶渊明堪称其中的佼佼者。寄情山水，有作家的主观因素，也有社会、文化方面的原因。古代士子达则兼济、穷则独善的价值观念，构成了"独善"时寄情山水的深层心理机制。但是，盛唐时王维、孟浩然等人的寄情山水，与魏晋南北朝时期陶渊明、谢灵运等人的寄情山水，又是有些差别的。简单地说，魏晋乱世，社会心理的压抑，传递到诗人身上，是无"达"的指望且处身"穷"途时的"独善"，被动"独善"的色彩比较浓；唐为盛世，国力强盛，政治相对清明，社会心理的开放，消解了外在的压力，是在有可能"达"甚至已"达"的情况下，内在价值观却处在"穷"的状态而采取的"独善"，主动"独善"的色彩比较浓。

盛唐时期山水田园诗派的主要作家有王维、孟浩然、储光羲、常建、祖咏、裴迪等人，其中以王维最具代表性，留存至今的诗有四百多首。王维多才多艺，能诗之外，还精通书画、音乐，艺术素养很高。由于自身个性、家庭环境以及仕途变故的原因，大约四十岁以后，就开始过着亦官亦隐的生活。这种背景下诗人钟情山水，其实是"兼济"至"穷"而主动采取的"独善"。王维思想上的这种转变，在创作上也有明显的表现，前期具有向往开明政治的热情，对一些不合理现象曾有所不满，写过一些游侠、边塞类的诗篇，或是少年的豪迈，或是大将的英武，或叙征戍之苦，或写凯旋之乐，表现出那个时代的英雄气概和爱国热情，如《少年行》、《老将行》、《济上四贤咏》等。这些作品，充分展示出王维善于构图，长于写景的才能，是诗歌艺术与绘画艺术完美结合的产物。《使至塞上》一诗，气势流畅，"大漠"两句写景，诗中极富画意，有强烈的层次感、色彩感，壮丽里见逸气，山水中隐豪侠，不是一般诗人能写得出的。

经过安史之乱的大变故后，王维感到仕途"既寡遂性欢，恐遭负时累"（《赠从弟司库员外絿》），于是，开始"晚年惟好静，万事不关心"（《酬张少府》）的生活，到后来俨然成了一个"以禅诵为事"的佛徒。王维这时的诗，主要是从一个深于佛理者的眼光，折射出慧生相外的愉悦。如《渭川田家》、《终南别业》、《鹿砦》、《竹里馆》、《辛夷坞》、《漆园》等，在诗人看来，是体悟到景外之趣的愉悦，对一般读者而言，是看到了山水的清幽、诗人的悠闲，以及清幽与悠闲相融汇所形成的美感：在"空山不见人"、"深林人不知"、"涧户寂无人"等"无人"的环境中，山水美景的真趣活泼摇曳，诗人外在的幽冷、孤独，却包含着内心的自在、得意。

对佛教的信奉，使王维习惯于把宁静的自然作为凝神观照和息心静虑的对

第二章 盛唐文学

象,将禅的静观默照与山水的审美体验合而为一,在对山水清晖的描绘中,折射出清幽的禅趣,这么做,使他的山水诗别具灵气,往往"搜求于象,心入于境;神会于物,因心而得",达到"气和容众,心静如空"那种"无我"的境界。由于他的诗歌中传递出至性佛理,又以清寂省练为特色,后人便依着称杜甫为"诗圣"、李白为"诗仙"的例子,称他为"诗佛"。

王维是一个有着很高艺术素养的文人,他有诗人的敏感,却绝不沉迷;有艺术家的感觉,却绝不张扬,他有着高超的观察能力,能够敏锐而巧妙地捕捉到妙趣的关键所在,并恰到好处地表达出来,悄然构成独特的意境。在他的诗中,无论雄奇壮阔的景物,还是细致入微的刻画,总是那么和谐,声、光、景、色和谐交织,完美地融合在一起,极富层次感,形成空灵之境和宁静之美,如一曲恬静优美的抒情乐,如一幅清新秀丽的山水画。《东坡志林》说:"味摩诘之诗,诗中有画;观摩诘之画,画中有诗。"道出了王维山水诗最突出的艺术特色。

王维还写过一些著名的赠别友人的抒情绝句。如著名的《渭城曲》,以清新的语句,道深挚的友情,在当时即广泛传播,并被谱成《阳关三叠》,作为送行乐曲而广为传唱,直到宋代曲调犹存,而且唱法还不断翻新,可见其感人之深、影响之广。

另一位著名的山水诗人是孟浩然。跟王维身居庙堂却寄情山水不同,孟浩然是身处山水却意存庙堂。孟浩然的前半生,主要是在家乡鹿门山闭门苦学,灌蔬艺竹,过着闲散的生活。可是,他这种闲散,却有高隐的意思,在隐逸得名之后,四十岁时便北上长安,力求有所作为,但求仕失望,只好再续高蹈前缘,漫游江淮吴越后重回故乡。张九龄为荆州长史时,入赞其幕,不能满足

王　维
[清]上官周 作
——乾隆八年(1743年)刻本《晚笑堂画传》

张九龄

凤愿,最终再次归隐,老死于家。

孟浩然一生经历简单,生活于开元承平时代却不曾入仕,很少有生活风波。隐居的生活,漫游的经历,使他对山水有着特别的情感和审美。但是,与王维不同的是,他有入世思想,存"兼济"之心,却又无其实,因此同样是作山水诗,他能做到跟王维一样省练明丽,却做不到如王维那般宁静通透,能看到山水乐,却参不透山水趣。他的多数山水诗,是写故乡襄阳的鹿门山、万山、岘山、鱼梁州、高阳池等处的景物。如《秋登兰山寄张五》、《夜归鹿门歌》等,诗中描绘襄阳一带的景物,历历如画,平凡而亲切。另外一些漫游秦中、吴越等地时所作,如《江上思归》、《与颜钱塘登障楼望潮作》等,与前期的淡远又不一样,由于求仕不成,山水变成了排遣的工具,壮丽之景与思归之情交织出阔大的景象,隐然透露出身世落拓之慨与愤激不平之情。

虽然寓情山水的诗歌都达到了相当高的艺术水平,但是,毕竟诗人生活经历有限,对山水的参悟便不能透彻,其诗往往篇幅简短,所长在五古、五律,枯瘦劲健,却没有七言诗的旖旎婉丽。山水之外,他还有些田园诗,生活气息很浓厚,如著名的《过故人庄》,虽然达不到陶诗那种超然境界,但绘农家生活,简朴而亲切;写故人情谊,纯朴而深厚,让人难忘。他的一些写景小诗,于平凡的诗句中,透露

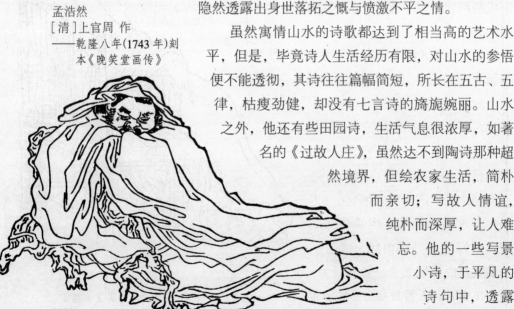

孟浩然
[清]上官周 作
——乾隆八年(1743年)刻本《晚笑堂画传》

出亲切之感,有孟浩然式的好处,如《春晓》一诗,只用寥寥数笔,看似全不经意,却从"不觉"春,到"闻"春,到忆"春",到问"春",层层翻进,诗人对春天特别的热爱,对生活的敏感,便透露了出来。这种因"眠"问"春"的构思,在宋人李清照《如梦令》一词中,化成"知否,知否,应是绿肥红瘦"的对答,唐宋两朝,成呼应之势,都称得上是叹为观止的妙作佳构。

王维、孟浩然二人的山水诗,将谢灵运的灵动敏感、陶渊明的淡远悠闲都发挥到了极致,虽然不如谢、陶二人超逸,但章法趋于紧凑,笔法更显匀称,不仅后世山水诗人难以企及,当时其他的山水田园诗人也都不如,如储光羲,多作田园诗,或以为得陶渊明之质朴,但往往有好句而无佳篇。如常建,寄意山水,但意境往往孤僻,如《题破山寺后禅院》:"曲径通幽处,禅房花木深",仿佛荒山野寺之景,虽得禅趣,却很枯寂。如祖咏,吟咏山水虽然不少,却只有《终南积雪》一首应试诗传诵较广。如裴迪,与王维在辋川唱和颇多,诗歌成就却全不相侔,艺术造诣上有王维作参照,就更加相形见绌,竟无一诗能脍炙人口。

第四节 边塞风光

盛唐国力强大,勇于开边,边境战争频繁。与军事行动相伴而生的,便是与军事后勤相关的商业活动和民族间的经济、文化交流,边塞因此不再荒凉,反而成了见新猎奇、建功立业、实现人生抱负的重要舞台。在这样的社会历史条件下,边塞生活便成为一部分诗人关注的主题,边塞诗也不断增多,并涌现出一批重要的诗人,其中,高适、岑参是代表。他们从各方面表现边塞生活,艺术上也有新的创造,大大地促进了盛唐诗歌的繁荣。

高适

高适是个"喜言王霸大略,务功名,尚节义"的人,二十岁时到长安求仕不遇,便北上蓟门,漫游燕赵,"常怀感激心,愿效纵横谟",对边事表示深深的忧虑。他最杰出的代表作《燕歌行》,便创作于此时。从诗序来看,这首诗与唐朝东北守将张守珪有一定的关连,据《旧唐书·张守珪传》记载:玄宗开元二十六年,御史大夫兼河北节度副大使张守珪部将与叛变的奚族人作战,战败后,"守珪隐其败状,而妄奏克获之功"。如何看待这次失败呢?诗人有自己的看法,诗以错综的笔墨,将荒凉绝漠的自然环境,跟如火如荼的战争气氛、兵卒们复杂多变的内心活动交织在一起,用激荡多变的感情,构成雄浑、悲壮的艺术氛围,在跳荡的情感抒发中,揭示战败的原因不在军力,而在唐军将领的腐败,军心的涣散。联想到安史之乱时,叛军一起便横扫天下,诗人对唐军痼疾的揭露,无疑是深中肯綮的。诗歌采用四句一转韵、平仄韵交替的方式,使诗情跳跃起伏,于错综变化中显和谐,极具气势,很好地补充了对偶的呆板,堪称是唐代边塞诗中的杰作。

边塞诗之外,高适还有一些豪侠浪漫之作,如《邯郸少年行》、《古大梁行》等,都写得豪情四溢。即使是赠别朋友的诗,也是豪迈动人。如《别董大》:"莫愁前路无知己,天下谁人不识君!"全然是大丈夫气概,毫无临别的伤感。由于志在功名,所以高适在浪游梁宋和任封丘尉时,作品多关心现实,内容相当丰富,是比较早接触到士卒、农民疾苦的诗人,映衬出诗人所怀的王霸大略。如《自淇涉黄河途中作》、《东平路中遇大水》等,让我们看到了"开元盛世"的另一面。安史之乱以后,高适官位日高,但好诗渐少。诗穷而后工,在高适的身上体现得很明显。

跟高适齐名的另一位边塞诗人是岑参。岑参的诗,原本题材广泛,也不以边塞见称,除一般感叹身世、赠答朋友之作外,他还写了不少山水诗,诗风颇似谢朓、何逊,但意境新奇的特征却初露端倪。后来,为了谋求仕进,岑参先后两次身历边塞,共达六年之久,"万里奉王事,一身无所求。也知边塞苦,岂为妻子谋"(《初过陇山途中呈宇文判官》),边塞生活为他的诗歌注入了独特的审美特性。在他的诗中,安西、北庭等地边疆的新天地,鞍马风尘的战斗生活,为他的诗境开拓出了空前的境界,尚奇的一面有了更加突出的表现,成为其主要特征。如《走马川行奉送封大夫出师西征》一诗,是岑参边塞诗中最杰出的代表作之一。封大夫即封常清。此诗写封常清的一次西征,诗的重点放在突出大军拔寨"西征"时的场景,回避了战斗场面的残酷与惨烈,但黑夜远征的紧张气氛和恶劣气候,烘托出"汉家大将西出师"的特有声威,向读者传达出强烈的战斗信号:朔风夜吼、飞沙走石、恶劣的气候暗示着敌人的来势逼人。军情的紧急、军纪的严明,在大军夜行"戈相拨"的声音里,得到了很好的渲染。这种类似侧面描写的处理方法,避免了直接描绘战斗场面的质实感,为读者留下了更加广阔的想象空间。有意思的是,因为军情险恶,士卒情绪难以稳定,为了将这种感觉表现出来,诗人创造性地选用三句一转韵的方法,使节奏显得更加促迫,恰到好处地表现出军情的变化莫测和临阵的紧张莫名,别具一种感染力与震撼力。

岑 参

《白雪歌送武判官归京》是另一首杰作。全诗写景奇丽,大气磅礴:塞外八月飞雪,本来就是奇景,设想成千万树梨花怒放,给人蓬勃浓郁的春意,想象更加出人意表。军营的奇寒、冰天雪地的背景、饯别宴会上的急管繁弦,极力渲染西北边陲奇异、浪漫的军营气氛。诗的最后,用归骑蹄印渐行渐远的渺茫,反衬雪满天山的阔大,借强烈的对比,将无限的惜别与思乡之情,压缩成无垠雪原上的渺渺一痕，有惆怅之情，更隐豪纵之意，惆怅如蹄痕，越远越淡，豪情如雪原，平铺至天边。本来是一首依依惜别的诗，写得如此奇丽奔放，只有盛唐人那样的气概、胸怀，才做得到。

岑参还有不少描绘西北边塞奇异景色的诗篇。像《火山云歌送别》，读之如觉炎热逼人。《热海行送崔侍御还京》更是充满奇情异彩，少数民族的神话传说，经"好奇"的诗人加工渲染，便把读者带进了一个不可思议的新奇世界。岑参还有一些描写边塞风习的诗，也很引人注目。少数民族的风情、各族之间的来往、共同娱乐的欢乐，在他的诗中都有很好的反映。总之，岑参的诗以奇胜：气势雄伟、想象丰富、色彩瑰丽、构思奇妙。在形式上也大有奇特之处：以七言歌行最为擅长，但用韵灵活多变，内容随韵而换，有时两句一转，有时三句、四句一转，腾纵跳跃，鲜活丰满。《岑嘉州诗集序》中，杜确说他的诗"每一篇绝笔，则人人传写，虽闾里士庶，戎夷蛮貊，莫不讽诵吟习焉"。可见他的诗在当时流传之广，雅俗共赏。

高、岑之外，以边塞题材入诗的作家还有一些，如前面提到的王昌龄，便有不少抒发其立志边庭的诗。他那首《出塞》诗，甚至被推为唐人七绝的压卷之作，其中"秦时明月汉时关"两句，不仅意境高远，而且极具历史厚重感，引人沉思。再如王之涣，是年辈较老的边塞诗人，其《凉州词》一首，是"传乎乐章，布在人口"的名作。另一名作《登鹳雀楼》，只用寥寥二十个字，写尽落日山河的苍茫壮阔，诗人登高望远、极目骋怀的雄心，更是透纸而出。再如王翰，他的《凉州词》也很驰名。再如崔颢，边塞诗也颇有特色。这些诗人性情豪纵，虽不专情于边塞诗，可一旦他们移笔边塞，往往就能豪情四溢，不受羁绊。另外，还有一些诗人更多地看到了边塞的残酷，在他们的诗中，边塞便没有了奇丽与浪漫，多的是厌战、不平和人生的失意。如刘湾的《出塞曲》，大胆揭露"死是征人死，功是将军功"的残酷事实。还有张谓，他的《代北州老翁答》，叙述战争兵役给平民百姓带来的痛苦，仿佛杜甫《兵车行》的声调。这是我们在高适、岑参诗中难得一见的内容。虽然这些诗在反映现实方面，可能比高适、岑参来得更实在一些，但高适、岑参诗中特有的磅礴气势，却更贴近盛唐人精神，也就是说，高适、岑参的边塞诗，只有盛唐人才写得出，而其他人的边塞诗，却是别个时代的诗人也能写得出来的。只有这么看，才能更深刻地理解高、岑二人诗歌的可贵了。

王之涣

第五节 伟大的杜甫

　　谁也不会想到，登上中国古代诗歌顶峰的，竟是一生飘零、既没有什么较高社会地位又无多少人格魅力的杜甫，可能连他本人也绝对没有这么想过吧。历史却如同开玩笑一样赋予了他这么一项令无数文士竞折腰的重任。

　　在盛唐诗人群中，杜甫绝对可以算得上是一个另类，也可能正因如此，才成就了他的伟大。在任侠之风盛行的盛唐，出身儒学家庭的杜甫，秉承浓厚的儒家"忠君"思想，以社稷为重，忧心民生疾苦，进思尽忠，退思补过，即使遭遇贬谪,也终身无一言怨怼君上,而且,他的忠君思想还与爱国爱民情怀错综交织,对君王、社稷、百姓的最终关怀,成为他极具"平民"色彩的"忠君"思想的内核,这在个性张扬、侠气充溢的盛唐,绝对可以称得上是另类。令人意想不到,杜甫可能完全意外的是,这种思想,却代表了那以后中国主流思想的方向:儒学思想自中唐开始便呈复兴之势,经宋儒的大力发挥,成为历朝统治者的主流思想;中国古代文化的发展过程,正是士族文化不断被消解,民间的、通俗的、大众的文化因素不断壮大的过程,越往后,"平民"意识越强。虽然杜甫当年不可能意识到他的这种思想根基、他的人生价值代表着后来中国古代主流文化的发展方面,但历史发展的事实,却证明了这一点。这就为他被视为"诗圣",成为中国传统知识分子心中的偶像,奠定了牢固的基础。而且,他漂泊终生不得稍逞其志的境遇,与孔子当年周游列国难成抱负的经历,也给了后人巨大的想象空间,并将之视为儒家文化理想人格的化身,由此确定了杜诗的风格标志着传统儒家人文精神的最高诗意所在,垂范于后代作家。

作为一个伟大的诗人,杜甫几乎各体兼长。先说律诗。他的律诗,对仗工整严谨,格律精审纯正,达到了炉火纯青的境界。《望岳》一诗,是现存作品里较早的一首,诗中充满了少年时期的昂扬和自信,其开阔的心胸、雄伟的气魄,不亚于李白,但是,因为是用律体,律对堪称严谨,畅达终嫌不足,读起来就没有李白歌行那种铺张扬厉的淋漓尽致之感。《春望》一诗,是安史乱中陷贼时的作品,国恨家愁汇于一处,集中体现了作者忧时伤乱的心怀,虽然也是律诗,但文字顺畅,见诗情而不见诗律。《登岳阳楼》一诗,是晚年漂泊岳州时所作,此时他浑身是病,自身难保,却仍为

杜 甫
[清]上官周 作
——乾隆八年(1743年)刻本《晚笑堂画传》

国家的安危而流泪,体现出他忧心国事的心境。虽然全诗律对较前两首更加谨严,但遣词造句,妥帖自然,纯然不给人律诗的感觉,反而如歌行一般畅达嘹亮。三首代表作拿到一起来比较,早期的律对精工、骨格劲健,与晚年的律对娴熟、精神饱满,正好形成一条清晰的发展脉络。杜甫自己讲自己"晚节渐于诗律细",是很有体会的话,说明到了晚年的时候,诗律在他的手上已经完全可以运用自如,进入化境了。《登高》是杜诗中最有名的一首,八句皆对,却能一气贯注,悲怆而不消沉,仿佛拔山扛鼎式的悲歌,一气盘旋,纵横恣肆,极尽变化之能事,被后人评为古今七言律第一。

再说乐府诗。他的新题乐府,既继承了《诗经》、《离骚》重比兴寄托的传统,又发展了两汉乐府民歌"写时事"的精神。写古体乐府时,他将"歌"、"行"的表现职能略作分别,既效法汉魏古乐府取题用意,又以"行"诗写时事,自立新题,别创格调。如《兵车行》,在写法上不用《从军行》乐府旧题,自创新题,直接针砭时弊,开始时用纪事的方式,摹写送别惨状,自"行人但云"以下,用纪言的方式写实,大胆引用纪事、纪言两种不同的叙述方式,有传统又不囿于传统,运笔如椽,为乐府诗创立了"即事名篇,无复依傍"的新格局,给白居易等后世作家以启发。

再说绝句。他的绝句,无论五言、七言,都能因体势而定,纵笔为之,略无滞碍。仔细阅读还会发现,为了避免圆滑熟烂,他的有些绝句,也走拗律的路子,有意给人拘促的压迫感,从而强化艺术效果,如《江畔独步寻花》一诗,与盛唐时的一般

杜工部集
——宋刻本

绝句不同，在声调上并不那么悠扬和谐，但章法、句法多变，刻画细致，曲折达意，杂以当时流行的口语，民歌的影子隐约可见。

作为一个伟大的诗人，杜诗表现最突出的一点是写实。其写实的手法又是多方面的，首先，实写社会生活。这一特色，既体现在那些真实而深刻地反映社会现实的作品里，又充分体现在家事诗、自传诗和纪行诗里。其次，实写内心感受。姑且不说那些反映社会矛盾的诗，他的写实本领，在对自然山水的描写中，也显得十分突出，只是与山水派诗人不同的是，山水派诗人的美学追求，在于忘"我"，或者说消解"我"障，让"我"消失在山水之中，杜甫则有着强烈的入世思想，面对好山好水，激起的是对生命的热爱和执著。他的那些纪行诗，绘山水之景，常以意绪为先，在对自然山水的描摹中，融入时代的风云、自身的感受，仿佛山水草木都充满着忧国忧民之情与迟暮飘零之感。再次，在细微处写实。作为诗人，杜甫具敏锐细密的观察力，常能敏感地觉察到细微处的精髓，并以惊人准确的笔法加以表现，在叙述事件、表达情意和描画景物方面，都格外生动真实，经得起儒家"兴观群怨"和"知人论世"的批评。

作为一个伟大的诗人，杜甫诗歌最突出的特色，是沉郁顿挫。这四个字虽说简单，却只有杜甫的诗歌能当得起。所谓"沉郁"，一是个性因素在诗歌中的反映，一则源于社会生活的深层痛苦。杜甫本来个性就不开朗，一生又没有几件开心事，生活的压迫、人生的失意郁积胸中，对"沉郁"诗风的形成起了一定的作用。困守长安时，杜甫作诗自称"沉郁顿挫"，主要是表达自己学力深厚，写作技巧娴熟。后经历干戈离乱，饱尝人生艰难困苦，诗中更流露出难以抑制的悲怆情怀，加上他对诗律的运用越来越精细，此时的"沉郁顿挫"，真是忧愤深广、潜气内转、波澜老成。《秋兴八首》最能体现杜诗的这一风格。该组诗共

杜 甫
[明]崔子忠 作
——清康熙十二年(1673年)刻本《息影轩人物》

八首,或即景含情,或直诉悲愤,或借古喻今,八首联篇而下,有开阖,有抑扬,有顿挫,一次又一次地忆长安、感盛衰、伤沦落,反反复复,吞吐回环,悲慨深沉。

总体上讲,杜甫是各体兼擅的,但从对后世的影响看,影响最大的是律诗。他把律诗的题材范围扩大到几乎与古体诗同样广阔的程度,在艺术上也取得了非凡的成就。他对五律的把握,已到了非常纯熟、运用自如的程度,不但韵律精细,且诗境浑成而富于变化,不拘一格,意境或由壮阔忽转凄凉,气象或由巍峨忽转细婉,跨度虽大,却能做到和谐统一。他创作了大量的七律,数量超过了前人总和。在七律中,他打破固定谱式,创为"连章体",增加了容量,又因表达感情的需要,创为"拗体",即借用语言的音乐性,对不合律的拗句作适当的补救,使之符合格律的要求,并使诗情更为瘦劲生动;常人于格律精熟时难免松懈,由工稳而圆熟,只有他一辈子执著于文字,"为人性僻耽佳句,语不惊人死不休",始终保持警醒,始终追求完美,精练至于无痕,达到既保持律体形式上的精美,又脱出格律束缚的境界,横放杰出。在绝句里他也有意使用这种拗体诗,尤以七绝为甚。在王昌龄圆溜顺口的"七言长城"之后,再读杜甫这类拗口的绝句,便会觉得精神气势大胜前人,深得翻新出奇之妙。

由于杜甫在诗歌上多方面的成就,后人便以"集大成"相称许。这里"集大成"的含义,主要在以下三个方面:首先,虚心学习前人,兼容并蓄。他的诗叙事写实,受《诗经》中雅诗和汉乐府的影响明显;他的爱国忧民精神,从以屈赋为代表的《楚辞》中汲取养分也很明显;他的五言古诗,受法于王粲、曹植、陶渊明等人的痕迹明显,却又别创新境,不是这些人所能牢笼的。其次,兼备众体、风格多样。他的五言古诗穷极笔力,充分扩张境界,能由十韵拓展为五十韵,再拓展为七十韵,鸿篇巨制,铺陈始终,前所未有。他的七言古诗,取材广泛,内容丰富。他的歌行体,以散文笔法出之,或一韵到底,转折不衰;或更换用韵,愈转愈精;或纪事纪言,气格苍老。他的七律,变换拗体,开创法门。最后,功力深厚,自铸伟辞。兼容并包地"集"、努力拓展地"大",自然而然地也就"成"了杜甫的特色和魅力。

从这方面看,杜甫较李白做得更好,因为李白纯任天才驰骋,他之所

"集"，偏在乐府和绝句，于律诗便不能得其"大"，"成"不了众体兼备的诗人，所以，李白最大的好处，是将他偏好的乐府、绝句发挥到极致。杜甫或许给人才气不如李白的感觉，但他的执著与坚守，不懈与谨细，"成"就了他的伟大，给后世无数没有李白那种天才资质的文人指明了一条通向成功的道路，所以在后人的眼中，杜甫更具有普遍的示范意义，对后世的影响也更大一些。从这个角度看，李白只能说重在"继往"，杜甫则不仅仅"继往"，而且"开来"，二者相呼应，共同构成了盛唐难以企及的诗歌高峰。还是韩愈说得好："李杜文章在，光焰万丈长。"

我们不能不为盛唐时期同时出现这样两位伟大的诗人而感到惊奇、自豪、骄傲。

唐宋文脉
TANG SONG WEN MAI

第三章 中唐文学

第一节 概 要

安史之乱平定之后，唐朝号称"中兴"，但民族矛盾与阶级矛盾终归在这场战争中暴露无遗，贞元、元和年间，表面上看，这个国家因为政府的积极努力，百姓生活相对安宁，但是，这场空前的浩劫，却极大地打击了唐人的自信心。内忧外患的不断增加，让敏感的诗人既怀着战争远去的庆幸，心存淡淡的喜悦，同时又为潜在的隐忧而茫然、而无奈，想逃离现实，却又不得不正视现实。这种矛盾的社会心态，在当时的诗歌中有着十分典型的反映：豪迈奔放的诗思不见了，取而代之的，是痛苦的呻吟与深沉的反思。

大历诗坛，不过是巨痛前的短暂平静，后人称为由盛转衰的过渡。元结、顾况，学杜甫反映现实的传统，但深度不够，广度有差，难称后劲，只是这种精神与稍后的新乐府运动一脉相承，后人便推他们为新乐府的先驱。刘长卿、韦应物等人，仰承山水传统，但诗思情致不及，很难像盛唐人那样从容自得，反多了拘促。韦应物的诗，往往以山水起，用田园收，只因"身多疾病思田里，邑有流亡愧俸钱"（《寄李儋元锡》），便少了纵情山水的潇洒，多了人生感悟的无奈，即使是他的七绝《滁州西涧》，以悠闲之笔绘春雨荒山野渡景色，也不难从中感受到行人待渡的怅惘。

顾况

刘长卿
[清]上官周 作
——清乾隆八年(1743年)刻本
《晚笑堂画传》

韦应物
——清道光间刻本
《吴郡名贤图传赞》

在这类"田园诗"中，他还时不时流露出对百姓劳作辛苦的关怀，身居庙堂而心忧黎元，确实是新乐府的路子。李益虽称长于边塞征旅，但意气不长，诗境转狭，绝无盛唐人"醉卧沙场"的气概与豪情。所谓"大历十才子"（据《新唐书·卢纶传》为：卢纶、吉中孚、韩翃、钱起、司空曙、苗发、崔峒、耿湋、夏侯审、李端），多唱和、应制之作，借五言律体的简练浑括，来颂美"升平"时期的悠淡，吟咏山水难免感伤，却又有意回避安史之乱后的荒凉凋敝景象。以"才子"自诩，用形式的精致麻醉受伤的心灵，某种程度上讲，开启了"唐音"由高亢恢宏到低回宛转之途，为中晚唐风格定了基调，在当时很能引人共鸣，影响较大，诗歌成就终归无法与盛唐诸人相比。《四库全书总目·钱仲文集》提要说："大历以还，诗格初变。开、宝浑厚之气，渐远渐漓。风调相高，稍趋浮响，升降之关，十子实为之职志。"这样的批评是比较恰当的。

钱起

第二节 乐府精神的传承

"新乐府"之名,是由白居易提出的。它有两个特点:一是在诗歌题材上,与汉乐府的写实精神一脉相承;二是在诗歌体裁上,虽然采用古乐府的形式,但是,可能是因为那时古乐府的唱法已经失传,只留下文字上的东西,声情哀乐无法继承原样,便采取用新题写时事的方法,不再受乐府旧题内容、情感等的影响,在"乐府"上安一个"新"字,以示区别。

白居易标这个"新"字,本意很可能是标榜他之所作,是古乐府的功臣,其实,乐府诗本身就是不断变化创新的:乐府本为汉代的一种音乐机构,后来便借称入乐府歌唱的歌词,因为曲谱相沿而歌辞翻新,所以自建安以后,就不断出现自创新题的乐府,只是因为那时还在唱乐府调,所以内容保留古意,少及时事。到唐代杜甫手上,更演进为保留乐府诗的体式而别用新题写时事,只是他一生潦倒,没有别创新派的气概,所以,虽然有"三吏"、"三别"之类绝唱,却也不敢着一"新"字。这是白居易之前,乐府诗发展的两个阶段。白居易充其量不过把建安时人的创造与杜甫的创新结合起来,用新题写时事,自以为大得汉乐府遗意,且不愿为前人

白居易
——清道光间刻本
《吴郡名贤图传赞》

所牢笼，便自鸣得意给出了一个"新乐府"的名称。

白居易青年时代在颠沛流离中度过，对民生疾苦颇有身受，后经努力学习步入仕途，"寒士"心理，却也挥之不去。他的一生，大体上以四十四岁贬官江州为界可分为前后两期。前期，即从入仕到贬官江州司马以前。一举及第，"拔萃"登科，制举得手，入选翰林学士，三年拾遗，仕宦得意，给了他青云直上之感。入仕的兴奋、为官的热望、致君尧舜的心境相交织，使白居易志在兼济，大大热衷于功名。为了应对考试，曾经"闭户累月，揣摩当代之事"，写成《策林》七十五篇，对当时的经济、政治、军事、文教各方面弊端提出改革意见，虽然以功名为目的，却也促使他对现实有了全面而深入的了解。这一时期，他写了大量"篇篇无空文，句句必尽规"的讽谕诗，用诗歌吟咏政治和社会百态，凡"难于指言者，辄咏歌之"，在精神实质上确实与乐府相切近。《秦中吟》和《新乐府》等讽谕诗便是这时写的。

跟《策林》一样，白居易的讽谕诗涉及题材相当广泛。有涉及下层百姓生活艰辛的，如《观刈麦》，写辛勤劳动的农民和不得不拾穗充饥的贫苦农妇；《采地黄者》，反映农民牛马不如的生活；《杜陵叟》，写农民的奋起反抗。再如《井底引银瓶》、《母别子》、《后宫词》、《过昭君村》、《上阳白发人》揭露妇女的悲惨命运。在这类诗中，白居易有一个中心思想，就是"一人荒乐万人愁"，让今人很方便地称这是把批评的矛头直指封建统治的最高层，其实这不免夸大其辞：身为谏官，直接服务于皇上，爱恨交加的情感便容易直接宣泄到皇帝的头上，那样的诗，历代谏官，哪个不是这么说的？历代都是"荒乐"难禁，下层人艰辛难改。这么看来，这类诗就难免所"讽"者轻而所"谕"者重，跟乐府诗的精神还是有些差距的。倒是那些触及具体社会矛盾的诗歌，更能促人反省，如：《赠友》诗涉及"两税法"，便质问"私家无钱炉，平地无铜山；胡为秋夏税，岁岁输钱为"；《卖炭翁》涉及"宫市"（宫廷宦官以市场采购为名巧取豪夺），明确其创作意图为"苦宫市也"；《宿紫阁山北村》直刺掌握禁军的宦官头目；《红线毯》写地方官把额外榨取的财物美其名曰"羡余"，去讨好皇帝，谋求高官；其他如《歌舞》、《轻肥》、《买花》等等，针对各类社会不公，触及制度体制等深层次矛盾，可谓有的放矢，为深思所得，不能简单地以"讥刺"视之，确实与汉乐府的现实主义精神一脉相承。

除讽谕诗外，白居易另有两篇叙事长诗《长恨歌》和《琵琶行》，影响大而深远。《长恨歌》是白居易三十五岁时所作，以唐明皇、杨贵妃情感悲剧为题。长期以来，对这首诗的主题思想一直存有争议，或认为意在讽刺，或认为重在情思。折中者便称：前半乃露骨讽刺荒淫误国，是"长恨"之因；后半以充满同情的笔触写恋人入骨相思，是"长恨"的果，诗的主题，是由讥荒淫误国到颂坚贞恋情。这样的解释，当然也有道理，但一首诗一个主题，似乎很难用主题转换来解释。其实，这样的分析，是用后人的价值观代替了唐人的价值观：唐代社会风气开放，男女之防不严，从皇室到平民，都是如此，联系这个历史背景，我们认为，这首《长恨歌》从头到尾，无非铺叙了那个时代的一段艳情故事；以唐明皇、杨贵妃为主人公，无非是他们那段情事在当时社会上尽人皆知，影响甚广。白居易用流畅笔墨，将之演绎发挥，使之更添光彩，使之显得艳丽动人，同时展示绮艳才华，使当时的"圈里人"对他更加佩服。关于这一点，从他的好友元稹看了《长恨歌》后的反应，就可以知道。《琵琶行》是白居易贬官江州的第二年所作，感伤意味很重。跟《长恨歌》相比，《琵琶行》大有屈原美人香草的妙处：琵琶女"门前冷落车马稀，老大嫁作商人妇"的境遇，不仅是名妓们的宿命，诗人"同是天涯沦落人，相逢何必曾相识"的感慨，则是将仕宦沉沦与人生沦落，等而视之：哪个初入仕途者，不是如琵琶女当红时那般春风得意，等到老于槽枥之间时，又何尝不是如琵琶女一般独对夜月！江水悠悠，冰轮高悬，除了见证人生的短暂与可笑，还有什么。看来，作此诗时已届"不惑"之年的作者，诗中感慨是相当深沉的！

当时，跟白居易齐名的诗人还有元稹。元稹留意于新乐府，是受友人启发：元和四年（809），元稹看到李绅所作的"乐府新题"二十首，觉得"雅有所谓，不虚为文"，深有感触，便选其

元　稹
[清]上官周　作
——乾隆八年(1743年)刻本
《晚笑堂画传》

中特别与现实弊病有关的诗题，写了《和李校书新题乐府十二首》，开始了"新乐府"的创作。《上阳白发人》写民间女子被囚禁深宫，空耗青春年华；《华原磬》借两种乐器暗示君主不辨正邪，致使小人佞言媚上，导致天下大乱；《五弦弹》借五弦比五贤，希望君王征召贤人，调理五常；《西凉伎》写边陲的繁荣与衰败变化，指斥"连城边将但高会"，却无能安城定边的事实；《法曲》写安史之乱前后习俗变化，痛惜雅正习俗的消亡。这些诗涉及面广，内容庞杂，多是诠释作者的某种理念，议论过多，形象欠丰，不是乐府诗那种普泛情感的提炼，而且，语言也不够简洁，不如白居易流丽畅达，也不如白居易新乐府贴近大众情感，难免粗糙之讥。

元、白相较，白居易于新题乐府用功尤甚，影响也大得多。一方面，白氏是庶族出身，元氏有士族背景，白氏生活阅历更加丰富，作品反映的社会生活面更广一些，情感也更有普泛性和代表性；另一方面，白氏对这类诗歌，体会也更加深入，形成了一套比较完整系统的理论。在《与元九书》中，白氏突出诗歌服务于政治的观点，认为诗歌必须负起"补察时政"、"泄导人情"的使命，提出了"文章合为时而著，歌诗合为事而作"的口号。所谓"为时而著"、"为事而作"，就是"为君为臣为民为物为事而作"(《新乐府序》)。将诗歌与政治、民生密切关联，是白氏诗论的核心，也是他自己的创作指南，更是其衡量历代作家作品的标准和领导新乐府运动的纲领。因此，他强调诗歌必须从现实生活中汲取创作源泉，特别强调诗歌的教育作用和社会功能。他还以果木成长过程为喻，形象、系统地提出了诗歌"根情、苗言、华声、实义"四要素。将"义"作为诗歌的结穴处，强调了源自《诗经》的"美刺"精神。另外，在诗艺上，他也有明确的追求。《新乐府序》中，他说："其辞质而径，欲见之者易谕也；其言直而切，欲闻之者深诫也……其体顺而肆，可以播于乐章歌曲也。"对诗的"辞"、"言"、"体"都有自觉追求，使其诗歌语言平易浅切、自然生动。白氏这些主张，是他新乐府诗歌的主张，但说成是汉魏以来乐府诗的共同诗学主张，也不为过。也就是说，白居易是深契乐府精神的。正因如此，所以在这股诗潮中，白氏的成就和地位都高出元氏远甚，成为最重要的代表人物。同时，新乐府运动的形成和开展，也以白居易全面而系统的诗论为纲领。

孟 郊

元、白二人都颇有诗才，兼具艳思，在当时诗人中很有号召力，在《编集拙诗成一十五卷》一诗中，白居易说"每被老元（元稹）偷格律，苦教短李（李绅）伏歌行"，因此，以他们为中心，便形成了一个"新乐府"诗人群。

在"新乐府"运动开展的过程中，元、白之外，较有特色者还有韩愈、孟郊、贾岛、李贺等人，只是与元白的浅易通俗相比，这些人在诗艺上又别见特色：韩孟作诗，多创新出奇，语言往往"以文为诗"，有散文化的倾向。特别是韩愈，这方面表现得尤为明显。贾岛、李贺则想出意表，借苦吟求尖新，无论是密丽还是细约，都开了晚唐的风气。另外还有刘禹锡、柳宗元、姚合等人，也有相当的实绩，且都形成了自己的风格。限于篇幅，这里就不一一介绍了。

李 贺
[清]上官周 作
——乾隆八年（1743年）刻本
《晚笑堂画传》

第三节 古文的复兴

从魏晋到隋唐，文坛上流行的，一直是骈体文。从文体发展看，骈体文主要是汉赋一脉；从审美角度看，追求对称、平衡是中国古代美学的重要原则；从创作主体看，有士族文人逞才的因素；从语言学的角度看，跟汉语音乐性的进一步被发现、声韵格律理论的普及也有很大的关系，所以，六朝以来，随着诗歌的格律化，骈体文也日趋骈俪，应用的范围也不断扩大，成为六朝文学的代表性文体。但是，骈体文的过度膨胀，却又给其健康发展带来了致命伤，因为骈体文包打天下的极盛局面，也意味着离走下坡路不远了：一是泛滥成灾，奏议、论说、公文、信札等各种实用文，都用骈体文来写，几乎无骈不成文；其次是为文害情，语言最终是为了恰当地表达情感，好的语言是为了更好地表达，但是，过度的骈俪，舍弃原本简单的句式，对偶越来越严格，句式越来越定型为四六交错，进而讲究用典、声律，实际成了一种"格律文"，形式上的追求竟至于影响情感的抒发，语言的本质功能因为形式上的唯美被忽视、被消解。

中唐时，历史的巨变，使复兴儒道的呼声越来越高，与之相呼应，先秦时期那种单行散句、没有规定形式的文体，也得到提倡。以韩愈为代表的中唐文人，在大力提倡复兴儒学的同时，开始尝试采用先秦古文载道的表达方式，这种因为传播某种思想，而在表达形式上进行模仿的做法，在古今中外的学术史上是很常见的，但是，韩愈似乎还不止如此，他选用古文的表达方式，并没有恢复先秦古朴文字的追求，只是有意识地与"俗下文字"相区别，借用先秦的表达方式，传达源自先秦的儒学思想，遣辞造句，却是锤炼过的俗语，这可能与他本人张扬的个性有很大的关系吧。唐德宗贞元时期，由于韩愈的努力，古文发生了较为广泛的影响,许多人向韩愈请教,一时间"韩门弟子"甚多。宪宗元和时期,柳宗元继起,与韩愈相呼应,使古文业绩更著,影响更大,逐渐压倒骈文,一时间蔚然成为文坛风尚,这就是文学史上所谓的"古文运动"。

作为古文运动的第一旗帜,韩愈首先强调作家的修养。他说:"根之茂者其实遂","气盛则言之短长与声之高下者皆宜"(《答李翊书》)。所谓根,所谓气,都是指作家的人格修养,实质上就是儒家的世界观、人生观。以作家的个人修养为根本,发而为文,就会言之长短高下都与之相应。这其实是在文章形式与内容关系上寻找平衡点,强调内容统帅形式,与骈体文的为文害情背道而驰,所以,他主张"师其意不师其辞",这里的"师",其实就是模仿的意思,由于强调内容上的继承,而不是形式上的传承,所以韩愈为文不仅不师"其辞",而且强调"唯陈言之务去",打破条条框框,只求"文从字顺"、"因事陈词",达到"文章言语,与事相侔"那样的最高境界。

而且,韩愈所谓的"师其意",也不能完全坐实为模仿古人,否则就不可能有新的思想。我的理解,韩愈所谓的"师其意",应该是指效法古人的那种思维方式和判断能力,是对古代思想的复归和感悟,这从韩愈哲学思想虽以儒家为主体,却又并不完全继承孔子、孟子而是另有独到见解可以看出。在《送孟东野序》中,韩愈提出为文是"不得其平则鸣"的观点,他所谓的"平",应该是社会认同与个体价值的吻合,所谓不平,应该是指个体价值与社会认同的冲突,是用内在儒学价值观裁量外在社会现象的失落。今天读韩愈的散文,成就最高的,是那些因为仕途坎坷而发出不平之"鸣"的文字。《原毁》一文,立论鲜明,语言平易,通过对当时社会现象的精辟分析,揭露一般士大夫诋毁后进之士的根本原因。《师说》一文,感情充沛,出人意表,驳不"师"时弊,阐述"师"的作用、"相师"的重要。提出师"无贵无贱,无长无少"、"弟子不必不如师,师不必贤于弟子;闻道有先后,术业有专攻,如此而已"的主张。《杂说四》文中,感慨"千里马常有,而伯乐不常有",喻意在于贤才难遇知己。《进学解》、《送穷文》这类文字,借用对话形式,或自嘲自夸,或反语讽刺,表现出有理想者与现实冲突过程中的不妥协精神。《送李愿归盘谷序》借隐士李愿的嘴,对得意"大丈夫"和官场丑恶现象,作尽情刻画和揭露,穷形尽相,令人啼笑皆非。《毛颖传》则学司马迁传记文风,是所谓"驳杂无实之说"的典型作品，形同寓言，讽刺十分深刻。还有许多应用文，借题发挥，或庄或谐，感慨议论，随事而异。

跟议论文字一样，韩愈的叙事文章，也是个性张扬，个体意识喷发之作，文学性很高。《张中丞传后叙》记述许远、张巡、南霁云等死守睢阳、英勇抗敌的事迹，绘声绘色，可歌可泣。他的碑志文向来很有名，虽难免有"谀墓"之作，但往往能根据对象的不同，在定型的体例之中，以作者主观的价值判断去撷取传主留下的生活碎片，用简洁文字，重塑作者心目中的传主。著名的如《柳子厚墓志铭》，有重点地选取事件，通过富于感情的语言，记述柳宗元不幸的一生，暴露社会的冷酷无情。《祭十二郎文》更被誉为"祭文中千年绝调"的名篇，文章结合家庭、身世和生活琐事，反复抒写他悼念亡侄的悲痛，感情真实，抒写委曲，长歌当哭，哀感动人。

从艺术性方面分析，韩愈的散文，雄奇奔放，富于曲折变化。宋代苏洵曾说："韩子之文，如长江大河，浑浩流转"（《上欧阳内翰书》），这话形象而恰当地概括了韩愈散文的风格特色。他的散文，语言简练、准确、鲜明、生动，还善于创造性地使用古代词语和吸收当时口语，创造出新的文学语言，因此，他的文章词汇丰富，有许多新创的精炼的语句，不少成了今天广泛使用的成语，如"细大不捐"、"佶屈聱牙"、"动辄得咎"、"俯首帖耳"、"摇尾乞怜"、"不平则鸣"、"杂乱无章"、"落井下石"等等。他还善于运用多种譬喻，使对象突出生动，如说处士石洪善辩论，即称"若河决下流而东注；若驷马驾轻车就熟路，而王良、造父为之先后

韩愈
——明弘治十一年（1498年）明宗室天然重刻本《历代古人像赞》

也；若烛照数计而龟卜也"(《送石处士序》)，真所谓"引物连类，穷情尽变"。我们觉得，这些艺术上的突破，应该看成是其独特人生价值观念的体现，是"悟"得真谛后的圆融，所以才见"大巧"而不露斧斫之迹，大有妙趣。

跟韩愈一样，柳宗元主张文以明道，反对骈俪文风。对于文章的功能、审美以及写作态度、技巧等，他都有自己的见解。他把"褒贬"、"讽谕"作为文章应有的功能（《杨评事文集后序》），认为真正优美的作品，不仅要有完美的形式，还必须有充实的内容，二者不可偏废（《答吴武陵论非国语》）。在《答韦中立论师道书》中，他对写作态度、写作技巧等有关作家修养的问题，也都有精辟的论述。

柳宗元虽然只活了四十七岁，一生的文学创作却很丰富。因为参与王叔文等进行的永贞革新被贬。这一政治生活的变动，对他的人生影响是巨大的，他的文风，以被贬前后为界，可分为前后两期。前期作品现存不多，成就不大；贬谪之后，对人生、社会作深入思考，有自己的见解，得其妙趣，得其真髓，作品的思想性和艺术性都达到了相当的高度。套用韩愈"不平则鸣"的说法，柳宗元应该是"不平则叹"，少了激越奔放，添了深沉隽永。在永州，他用小寓言的灵活形式，讥刺社会丑象和政治腐朽，讽刺辛辣，文短意远，堪称讽刺文学中的精品。他另有一些传记散文，多取材被侮辱、被损害的下层人物，借题发挥，反映其悲惨生活，相当震撼人心。更著名的，是他在僻远的贬谪地游览山水奇景写成的山

柳宗元
[清]上官周 作
——乾隆八年(1743年)刻本
《晚笑堂画传》

水游记。这些作品，以清新秀美文笔，勾画诗情画意，粗看颇得山水隽永之趣，细绎却不难发现，作者将不幸的人生遭际、对现实的强烈不满，潜蕴于山水景物之中，既不是超然洒脱地寄情山水，也不是无可奈何地移情山水，而是全神贯注地倾情山水。作者要表达的是：好山秀水，终究是孤芳自赏，短暂人生，佳木秀质，总难免流落漂泊，山水与人生又是何其相似！所以，柳宗元笔下的山水，景物虽然秀美，却总是处身僻远；色彩往往明艳，又难免冷色基调。一草一木，总关情怀，而他的情怀，又是那么的放不下，于是，柳宗元的山水，既没有陶渊明的自在，也没有谢灵运的意兴，更没有王维的超脱，还少了孟浩然的热烈。如《永州八记》，篇篇都是山水，篇篇都是情绪，山水之中，总有一个孤寂的"我"在。正因如此，柳宗元的这类作品在古代山水文学中显示出独特的个性和特色，具有独特的地位。

总之，中唐时期的古文运动，无论是思想性，还是艺术性，都达到了相当的水平，是我国散文发展的一个重要阶段，在文学史上具有重要的地位。韩愈、柳宗元等人开创的那种摆脱陈言俗套、随着语言自然音节作自由抒写的文风，虽然不以模仿先秦为目的，却在精神上很好地继承了先秦的散文传统，有效地冲击了六朝以来的骈俪文风，恢复了被骈文挤占的散文的实用空间，让散文在传统的著书立说之外，找到了日常生活中写景、抒情、言志的广阔天地，开创了散文的新传统。

当然，也应该看到，古文运动虽然对骈文的统治地位形成了巨大的冲击，但汉语的音乐性、格律的严谨、文士的偏好、平衡的审美观等，使能文之士总不免好骈恶散，因此，骈文与散文相比，一直占据上风。古文翻身，先秦之后，除这次古文运动之外，还有三次：一是北宋欧阳修等人发起诗文革新运动，再掀古文高潮；二是明代唐顺之、归有光等人继承韩柳传统，创意古文；三是清代"桐城派"专意于古文。这几个时期，在漫长的中国古代文学史中，其实都是很短暂的，其兴起和衰落，也都是脉冲式的，成就杰出的代表性人物，也屈指可数，在整个古代数量庞大的文士阵容里所占比例极其有限，所以，我们的结论是：古文无论是兴盛的时间、代表性的人物、代表性的篇章，都无法跟骈文相比。如果简单地以为有了韩柳等人的努力，便成就了散文在古代文学史上的统治地位，那是受了今天散文一统天下而骈文少人问津的影响，难免片面，也是不符合史实的。

第四节 传奇的发展

　　古代小说有一个漫长的发展历史，唐人小说的繁荣，既是小说自身发展的必然结果，又与当时的古文运动有着十分密切的关系，从体裁来看，多数是用纪传体这一古文形式，从作家队伍来看，多数是古文运动中的中坚。从这两个角度看，唐人小说似乎是古文的附产品。

　　唐人小说一般也称唐传奇，这个名称始于晚唐裴铏的《传奇》一书，宋代以后概称唐人小说。唐传奇的兴起和发展，从社会学的角度看，城市经济的繁荣，商业经济的发达，市民阶层的兴起，给传奇小说提供了消费的群体和孳生的土壤。同时，李唐信奉道教、武则天信奉佛教，佛道二教在社会上广泛流传，佛道教义、神怪传说流行，为传奇小说提供了丰富的素材。从创作主体方面看，唐代士子们有"温卷"的风气，所谓"温卷"，可以简单地理解为用文章拉关系。宋赵彦卫《云麓漫钞》说："唐世举人，先借当时显人以姓名达主司，然后投献所业，逾数日又投，谓之'温卷'，如《幽怪录》、《传奇》等皆是也。盖此等文备众体，可见史才、诗笔、议论。"这类文字最实际的功能是架起士子与主司间的桥梁，士子欲得主司的青睐，才学、政教、娱情三者相结合便势所必然。

从文体发展的角度看，一方面，中唐时古文运动兴起，叙事文学获得新生，为唐传奇的创作手法提供了宝贵的借鉴。唐传奇作家如王度、沈既济、陈鸿等，都是史官。他们借鉴《史记》以来纪传文学的传统，将原本粗陈梗概的小说，扩大其体制，波澜其情节，鲜明其形象，将传奇纳入史传文学的格局当中，而情节安排、氛围酝酿、人物关系又都借虚构以夸张，不受史实约束，构成"传奇"的显著特征。这种拿严肃的体裁开玩笑的做法，消解正统史传文学的内涵，却以游戏的态度向世俗亲近，与此同时，唐代变文、俗赋、话本、词文等通俗文学盛行，刺激着市民消费群体的审美追求，且不断侵蚀士子、主司们的审美趣尚，为传奇化雅为俗，以俗趣雅，并最终雅俗共赏奠定了基础。正因如此，多种文学样式的交互影响，为唐传奇形成诗歌与散文结合、抒情与叙事相融的独特风格，准备了条件。所以鲁迅在《中国小说史略》中这样讲："小说亦如诗，至唐代而一变，虽尚不离于搜奇记逸，然叙述婉转，文辞华艳，与六朝之粗陈梗概者较，演进之迹甚明，而尤显者乃在是时则始有意为小说。"鲁迅所谓的有意，就是用心创作的意思。在全新的社会环境下，一批有着明确创作目的的作家，广泛借鉴各种通俗文学的长处，潜心进行传奇写作，自然会取得相应的艺术成就。

总体上看，唐传奇的鼎盛时期是在中唐，一些代表性的作品都集中在这个时期。晚唐直到五代，由于古文运动的式微，传奇的质量也明显下降，很少特色鲜明的单篇杰作，多以专集的面貌出现，作品如牛僧孺的《玄怪录》、李复言的《续玄怪录》、牛肃的《纪闻》、薛用弱的《集异记》、袁郊的《甘泽谣》、裴铏的《传奇》、皇甫枚的《三水小牍》等。从容量上讲，这些短篇经汇集之后，数量虽然不少，但编纂者显然将用心放在了借传奇"明志"上，即借这些小故事来阐释自己的某种思想或者理念，因为附加了编纂者的目的，便失去了任性发挥的自然与优美。今天看来，这些专集总体上倾向于搜奇猎异、言神志怪，在描写细致精彩方面反较中唐有所逊色。这样的倾向，就传奇而言，是一种倒退，但这种简约志怪的风气，却又为后来的文人笔记小说开了先河。所以换到文学发展的角度看，传奇向笔记小说的过渡，可以说是个得失相偿的事。

今存唐代传奇小说，数量不少，其中流传较广的有几十篇。这些作品大都收入宋初李昉等编集的《太平广记》里，其他如《文苑英华》、《太平御览》、

《全唐文》等总集类书中也收载了一些。现举其中较有特色的几部作简要介绍。

《古镜记》。是现存唐传奇中最早的一篇。故事讲述一面能降妖、伏兽、显灵、治病的古镜，借之可窥阴阳变化，内容上仍有六朝志怪余风，但是大增华艳，可以看成是从六朝志怪小说向唐传奇过渡的代表作品。

《补江总白猿传》。写梁将欧阳纥的美妻被白猿劫走，欧阳纥率兵入山，掩杀白猿，而妻子已孕，生子如猿，聪悟绝人。该传奇虽然仍是搜奇猎异的内容，但与《古镜记》相比，开始着重描绘人物的活动，情节也更为曲折，特别是描写白猿所居的幽险环境，给人身临其境之感，可以称得上是一篇粗具规模的传奇作品。关于这部小说的内容，陈振孙《直斋书录解题》、胡应麟《四部正讹》都认为是诽谤欧阳询的。果真如此，那么，用小说影射真人，以达到人身攻击目的这一恶习，很可能就是从这里开始的。

《游仙窟》。故事以第一人称记述奉使河源，途中投宿仙窟，与神女邂逅交接的故事。实际上是轻薄文人纵酒狎妓生活的再现，文辞华艳，描写细致，色情成分较浓。

《枕中记》。写卢生在邯郸逆旅中，借道士吕翁的青瓷枕入睡，一梦之中，遍历"出将入相"的生活，抚慰了其生平的热烈追求。可是，一觉惊醒，用时不到蒸熟一顿黄粱米饭的工夫。于是大彻大悟，万念俱灰。全篇借短暂梦境浓缩人生际遇，故事情节起伏跌宕，很有传记文学的特色。

《南柯太守传》。内容大致与《枕中记》相近，写淳于棼醉后入梦，被槐安国招为驸马，出任南柯太守，廉能称职，深受百姓爱戴。后因与檀罗国交战失败，公主谢世，宠衰逸起，终被国王遣送出郭。淳于棼醒后惊异，寻踪发掘，始知所谓槐安、檀罗国者，原来都是蚁穴。从此他深感人生虚幻，乃栖心道门，不问世事。全篇故事情节安排、叙述详略布置都十分合理，读之仿佛史传。

唐传奇中有很大一部分是描述男女恋情的，这部分内容值得引起重视。唐代外来文明较丰富，礼法不甚严，加上城市经济发达，士子们热衷功名利禄，兼有任侠思想，往往奔走四方，谋求发展，羁旅艳遇之类，便见诸文字。唐传奇中，如《任氏传》、《柳毅传》、《霍小玉传》、《李娃传》、《莺莺传》、《无双传》等，都不同程度反映了这一社会现象。这类恋情题材的传奇，在详细记述了男女相恋美好的情节中，加入阻挠、背叛等要素，增加情节的曲折，使故事宛转动人。为了引人入胜，作者在情节详略安排、人际关系处理、故事详细完整等方面都处理得恰到好处，在多角度刻画人物形象、分层次展示人物心理、揭示生命价值观念等方面，都达到了一定的水平，尤其是《李娃传》《莺莺传》，刻画有血有肉，描写淋漓尽致，人物性格有变化，情节起伏有波澜，文笔清丽圆转，艺术表现很有特色。另外值得注意的是，这类传奇中，塑造成功的人物，往往是些女性，表现她们对恋情的坚贞，从今天西方社会心理学的角度分析，实质上暴露了男性作者们强烈的女性依附渴求。在以男权为主导的古代社会中，男性作家的这种思维定势，不断得到强化，几乎贯穿了古代小说的始终，只有《金瓶梅》《红楼梦》等少数几部作品，才在一定程度上有所突破，所以弥足珍贵，也最被西方人关注。

唐代传奇的大量出现、专业化作家群体的出现、小说规模和特点的正式形成、艺术水平的大幅提升，都标志着我国小说已渐趋成熟。唐传奇借鉴传统传纪文学的笔法，以简洁、准确、丰富、优美的语言，把古代散文的表现力，推进到了一个新的高度，极大地丰富了古代小说的表现手法：从宋元话本，到明清文人拟话本，从元杂剧、南戏到明清戏曲，无一不从那里获得创作的源泉，甚至不少人物故事成为后世诗词中的常典，对后世的影响可谓深远。

唐宋文脉
TANG SONG WEN MAI

第四章 晚唐文学

第一节 概 要

从唐文宗太和、开成之后到唐朝灭亡的七八十年，文学史上一般称为晚唐时期。这时，唐王朝在宦官专权、朋党之争、藩镇割据的局面下，国势日衰，随之而来的，是声势更为浩大、摧毁力更强的黄巢起义。

从文学上讲，以儒学复兴为思想基础的古文运动被消解——不是因为骈文的复辟，而是战乱纷争使斯文扫地，只有皮日休、陆龟蒙等人以小品文的方式，揭露被扭曲的社会对人生、人性的嘲讽，从社会良知出发，抒写不满，算是对古文精神有所交待。与古文运动有着较密切关系的唐传奇，也因为社会趣尚的改变而改变。社会的堕落，导致了文学的堕落：在一个没有核心价值观的社会时期，思想趋于混乱，价值倾向多元，而政治对文学制约作用的减弱，又激活了文学内在的规律，给了文学发展一个重新洗牌的机会。这也许是政治影响于文学的另一个重要方面，所以我们说唐末直到五代，正是文学思想重新洗牌、文学发展完成由"唐音"转向"宋调"的时期。

首先，这时的诗歌流露出浓厚的感伤情调，

陆龟蒙
——清道光间刻本《吴郡名贤图传赞》

颓废者甚至沉迷声色，显示出士人们精神上的没落与空虚。与之相应，诗歌的风格也日益向着华艳纤巧的形式主义发展，成为晚唐诗风的潮流。黄巢起义，"满城尽带黄金甲"，巨大的社会浩劫，对士子们"学而优则仕"的人生价值观作了摧枯拉朽般的解构，文士们或追随"西狩"的皇帝避祸于川中的锦官城，或因自救而奔赴江南，都掩不住奔突的无奈和痛苦，哪里还有盛唐时的边塞豪情、山水逸兴？！最多不过皮日休、杜荀鹤、陆龟蒙等人在动荡中愤激，于沉沦中呻吟，在巨变前哀号，借着民生的疾苦，表达内在的失落，算是对中唐白居易"新乐府"传统的变相继承。

其次，是"曲子词"创作主体的转移。词作为娱情工具，原本以民间创作为主。动荡的社会，长安的沉沦，使大量的士人"放下身段"，流落他乡，混迹市井，这样的生活经历，给了他们大量与歌妓乐工接触的机会，也给了他们接触"曲子词"的机会，于是词的创作队伍便由民间转向了文人。虽然文人是落魄市井的下层文人，但创作主体的这一巨大转移，使词律、词格、词品、词风都发生了巨大的改变。就词律而言，格律化的倾向，给"曲子词"打开了一扇由通俗文学迈向经典文学的大门；就词的品格而言，不断文人化，也就是逐渐雅化的过程：从晚唐专工于词的文人温庭筠的出现，到五代李后主将身世之感打并入词，再到北宋晏殊等人与柳永的对立，再到大晟词人，再到南宋姜夔、吴文英、张炎，一条不断雅化的轨迹再明显不过。

最后，是民间文学的繁荣。礼失则求诸野，民间是个包罗万象的艺术宝库，"曲子词"只不过其中之一端。我们在介绍"曲子词"的发展情况之后，还将简单介绍一下唐代的其他民间文学。集中在整个唐代文学将结束的时候介绍这些内容，主要是想给大家一个唐代文学的整体风貌，并不表示唐代的民间文学是在这个时候突然兴盛的。

第二节 细约婉美之风

晚唐时期,较著名的诗人有李商隐、杜牧、温庭筠等人。考虑到温庭筠在文学史上影响最大的是词,就放在下一节再谈。

李商隐是一个多愁善感、一往情深的人,一身都是晚唐士人的伤感情绪,写诗也是细约婉美。由于党争激烈,李商隐无意中便身陷漩涡,而且还无法自拔,于是只能在政治的夹缝中求生存,以幕僚身份度过一生大部分时间,热衷仕宦却沉沦下僚,志不得伸,郁结不满时时透露,缱绻痴迷情怀,刻骨铭心,其人富于才子抑郁气质,其诗多情绮艳。今天,我们很难说他真有什么杰出的政治才干,却不得不承认他确实是位衷于情而善言情的诗人。

在李商隐的作品中,最为后人所称道的,是那些以"无题"为题,或以第一句诗前两个字为题的"无题诗"。这类诗的主题,大致可以分两类:一类含有政治寄托,另一类纯为恋情诗歌。《无题二首》"凤尾香罗薄几重"、《无题》"相见时难别亦难"、《无题二首》其一"昨夜星辰昨夜风",初看都与恋情相关,但性质和内容并不单一,或明或暗,都是有所寄托

李商隐
[清]上官周 作
——乾隆八年(1743年)刻本
《晚笑堂画传》

的。诗中抒发的情感，交织着希望、失望的意绪，是悲剧性的心理情感表白？还是蕴含着深深的人生隐痛？很难指实，纵然是幽恋情怀，也是隐约不可言喻的；或许有隐痛，那更是隐忍难于道明、耻于道明、未敢道明的。诗中究竟有无寄托，所寄托者为何，长期以来都是仁者见仁，智者见智，很难下结论。诗旨晦秘，诗境"朦胧"，语意所指幽微，诗句言语的能指极大，给读者留下巨大的想象空间。另一些纯写恋情的"无题"诗，多是抑郁难排的情怀，很少表现爱的欢娱，或许某些篇什有亮丽的色彩，但整体风格却以感伤为基调，伤怀意绪，借着爱的执著，循环往复，郁结萦绕，诗情含蕴，很能打动人心。这里还要特别提一句的是，他那些表现感伤情调的诗歌，于凄艳哀婉中融入身世之感，追求细约幽渺之美，诗而词化的特征是比较明显的，如题材的细小化、情思的深微化、意境的婉丽纤柔等。晚唐文坛上习惯于"温李"并称，用能诗擅词来描述这样的并称，可以说李、温分别站在诗、词两端，李站在诗的一端，眼望着词境；温站在词的一端眼望着诗境，经二人共同努力，在诗与词之间搭起了一座过渡的桥梁，为五代时期的诗词合流埋下了伏笔。

"无题"之外，李商隐还有一些讽喻、咏史题材的诗歌，也都特色鲜明。他的讽喻诗很多是对个人身世遭遇的咏叹，表现对重大政治问题的肯定或批判，将政治感触与生活抒情紧密联系起来，托物寓怀，暗含比兴，在精深、婉丽的辞藻中，蕴含丰富的爱憎情感，多忧危凄苦之词，结穴终归是政治上不得意的苦闷。他的咏史诗，从政治的角度切入，审视历史现象，常将帝王的荒淫恶习与祸国殃民相关联，具有较深的讽刺性，内涵十分深刻。从创作手法上分析，或借托史事，巧妙地将历史与现实融合起来，吊古伤今；或突破史实局限，用假想之辞，虚构历史场景，借机表达自己对史事的评判；或抓住具有典型意义的细节与微物，作深入开掘，使之具有更高的概括性和典型性，借机展示自己对社会的洞悉，对人生的彻悟。这类作品，往往构思凝练，取材精当，成功之处在于将感情和议论自然地寓于鲜明的形象之中，抒情色彩浓郁，情韵倍显深长，一定程度上增强了咏史诗的艺术表现力。

就体裁而言，李商隐以近体成就最高，尤其是七律，继承了杜甫七律的锤炼谨严、沉郁顿挫，又融合齐梁诗的秾艳、李贺诗的幻想象征等特色，形成深情绵邈、绮丽精工的独特风格，将诗性的感慨向更深细隐微的方面拓展，富于

第四章 晚唐文学

象征和暗示色彩，成为心灵的印痕，既是作者个人纯主观的生命体验，又折射出晚唐士人的典型心态，深情绵邈，沉博艳丽，别具朦胧美感。

如果说李商隐诗的感伤哀怨，反映了唐亡前士人中普遍的低沉情绪，那么，杜牧诗中尚存的些许俊爽气概，则反映唐亡前某些有志之士企图挽回国运的天真和浪漫，这无异于是暮霭沉沉的晚唐诗坛上最后一道回光返照的理想的光辉。

与李商隐不同，杜牧诗歌的整体风格是峭健明丽，畅达流美，就体式讲，他不如李商隐那样精于律体，更拿手的是绝句。杜牧写有大量的咏史七绝，有"二十八字史论"之誉。在这类诗中，杜牧用鲜明的史论笔法，通过追忆昔日的辉煌，抒发末世的感伤，或寻找前人的覆辙，以警诫当时的失策，于时代的变迁中，参悟人生的哲理，寓褒贬议论于含蓄蕴藉之中。《泊秦淮》、《过华清宫绝句三首》其一"长安回望绣成堆"诸诗，悼古伤今，感伤于转瞬即逝的前朝繁盛，暴露出荒淫误国的可悲，在政治感慨和历史识见中，隐寓着强烈的现实不满和讽刺。或许是对时局还抱有一丝希望，或许是性情豪迈，或许还有没落士族惯性的从容与达观，所以，在悼古伤今之时，能于峭健之中蕴风华流美，创造明快意境，形成俊爽风格。当历史场景为现实山水所替代的时候，这种审美趣味更加浓厚。如《山行》一诗，以畅达的语言传递自然景物的清新气息，富于诗情画意，

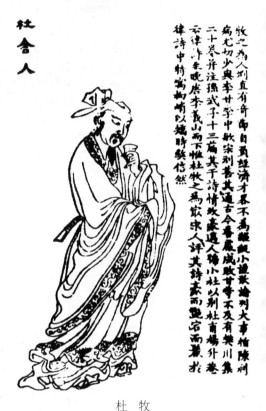

杜牧

贾 岛

意境俊美明丽，画面的立体感和层次感给人优美的艺术感受。后人因盛唐时有李白、杜甫合称"李杜"，故称晚唐时期诗歌成就相侔的李商隐、杜牧为"小李杜"，对其在文学史上的地位作了相当高的评价。

除"小李杜"之外，晚唐诗坛代表性人物还有贾岛、姚合。与李商隐等人不同，这二人将诗艺的重点放在了字句的锤炼上，试图用言语的精准与造境的陌生，去麻痹情感，皆以苦吟出名。贾岛为著名苦吟诗人，诗作得很辛苦，在苦吟中吐露士子的失意和穷苦。如《秋暮》、《题李凝幽居》等。姚合诗被称为"武功体"，那也是晚唐士人特定心态的反映，从他的诗中，既可以看到那个时代的暗影，又往往透露出其激荡难平的心底波澜，诗风清切峭拔。值得注意的是，贾、姚二人虽是苦吟，但跟孟郊相比，又有所不同。孟郊实质上是个颇有侠气的诗人，诗中透露出的，是意欲用世而不得其用的悲剧心理，诗多患难感和忧郁感，是人生悲剧与绝望心理的一种反映。贾、姚二人生在晚唐，殊无孟郊的豪侠之气，一味于小处见精神，造境清奇幽微，尺幅逼仄狭小，诗多弃去雄心的哀伤，不过是字句琢磨中的自我陶醉而已。

晚唐诗人中还有许浑、皮日休等，作诗也有一些特色。许浑给人印象深刻的是咏史怀古诗，如《金陵怀古》、《咸阳城东楼》等，于凭吊古迹的感叹中，充满了对日趋衰败的唐王朝的忧戚，流露出无法挽回颓势的无奈。皮日休较关心现实，本人也曾参加黄巢起义军。如《橡媪叹》一诗，通过描写农妇捡拾橡子充饥，暴露王朝末期普通百姓的悲惨生活，鞭挞巧取豪夺的狡吏贪官，同情贫穷百姓的悲惨命运。另有陆龟蒙、司空图等人，以隐逸为特色，是绝望士人逃避现实的写照。陆龟蒙诗多描绘自然风光，抒写隐逸情调，如七绝《晚渡》、《丁香》、《太湖叟》等，散淡却不乏风神。司空图诗近王维，多写隐逸闲情，但终竟不如王维参究佛理深刻颖悟，能参透山水，得空灵美感，看山总是山，看水总是水，寻不到通透后的活泼与自在，内容不免单薄，隐情多而逸趣少，所以对后世文学影响有限，倒是传言他所作的诗论《二十四诗品》，在文学批评史上非常著名。不过，近年来有学者认为《二十四诗品》并非他的著作，至今仍无定论。

最后顺便交待一句：在第六章，我们将谈到宋初诗坛有所谓"西昆体"、"白体"、"晚唐体"。其实，大致上讲，"西昆体"是以李商隐为模仿对象，"白体"是继承了许浑、皮日休的传统，"晚唐体"则是传承了贾岛、姚合的衣钵。这样来看待文学风气的延续，可能会对文脉的起伏有更清晰的认识。

第三节 词的开拓

词，又叫长短句、小词，唐人称为"曲子词"，后来常简称为词。词在兴起之初，特别是唐宋时期，都是一种配合音乐歌唱的诗歌，后来词乐失传，加上元代北曲兴起后，唱词之风为唱曲替代，词便蜕变为抒情诗的一种了。词最初出现于何时，目前文学史研究者的说法不一。崔令钦《教坊记》、《旧唐书·音乐志》等书记载，初盛唐时期就已经出现了个别词调，如沈佺期的《回波乐》、唐玄宗的《好时光》等。持这种观点的学者比较强调词是从西域等地传入中土的，是配合"燕乐"歌唱的歌辞，是从"燕乐"演变而为"宴乐"，直接进入社会上层，再由上层社会向民间普及，走的是跟其他文学样式从民间到宫廷完全不同的发展道路，所以兴起的过程并不漫长。但是，从现存的词牌词调看，虽然确实有不少跟"燕乐"有关,却也有一些词牌出自民间,如《竹枝》《西江月》之类,词乐的来源,恐怕不会单一,因为就算是宫廷奏乐,也往往是各种音乐汇集在一起,不会从头至尾全取胡乐。《旧唐书·音乐志》记:"自开元以来,歌者杂用胡夷、里巷之曲。"所谓"胡夷"之乐,即是燕乐;"里巷之曲",则主要是指以清商乐为主的中土民间音乐。这两种音乐在统一的唐帝国宫廷里得以交流与融合,为新的词乐奠定了坚实的基础。

因为是配合音乐歌唱的,不同的乐调配不同的歌辞,所以词便有许多词调,每一词调都有特定的名称,称为词牌,如《菩萨蛮》《念奴娇》等。不同的词牌,音乐的哀乐不同,音色也迥异。现在由于词乐失传,只能借助不同词牌的文字形式,如句数、字数、用韵位置、字声平仄搭配等,来推测乐曲的低昂长短,这也是为什么后人填词,要特别注意选定词牌、用准平仄的原因,其目的就是想尽可能地保持与这个词调相配合的音乐声情。又由于是配合音乐歌唱的,所以句式便有长短变化,不以五言或者七言为主,而且,一首曲子一般都至少有两个乐段,反复吟唱,才显得韵味悠长,所以词一般分上下二阕,又称上片、下片。当然,也有不分阕的单调,还有三片、四片的长调,如《瑞龙吟》《莺啼序》等。

如果把胡夷、里巷孕育时期都算作词的发展过程,那么,可以肯定地说,就像种子萌芽前的酝酿要经过很长的时间一样,词在最初的发展,也经历了一个漫长的过程,虽然具体情形现在很难描述,但从现存最早的唐代民间词——敦煌曲子词——还是可以窥豹一斑的:敦煌曲子词的内容十分丰富,有反映国家政治、经济生活的,有揭露战争频繁、边疆多故的,有反映妓女悲惨生活、内心不平的,有写商人、渔父、书生各类人物生活和情感的,还有大量宣说佛、道思想的。这些作品,显然不是一时一地的东西。与后来的文人词相比,敦煌曲子词生活气息浓厚,但格律不够严格,绝大多数艺术上还比较粗糙。这些都是民间词的基本特色。这还是贩夫走卒们留在纸上的,在这之前播在人口的时间恐怕要更长一些。

当然,词在民间艺人或歌妓的口中,与落到文人的笔下,完全是不同的两个阶段,只有填词风气在社会上蔚然兴起,才有可能被文人注意,而这时离词初兴,肯定已经过了很长一段时间。历史地看,这是中唐以后的事。这当中一个重要的原因,很可能是在王朝衰落的过程中,帝王的巡狩、乐师的流失、宫人的外放,使这些乐调散落民间。就像白居易在深夜的浔阳江头,一听到有帝

第四章 晚唐文学

京音色的琵琶之声,便激起天涯沦落的感慨一样,市井漂泊的文人,于灯红酒绿之际,欣赏帝都宫廷声乐,很可能就此激起他们对仕宦的幻想与满足,如果能如白居易那样移舟相近,亲点一曲,甚至填词命唱,绮艳丛中的满足感,或许更甚,因此,随着宫廷音乐在民间的流行,词也逐渐被下层文人所接受。在前期民间词发展轨迹不甚明了的情况下,我们将更多的注意力集中在文人词的发展上,肯定是比较实际的做法。但是,不要忘记,词从民间转手文人,已经是词史上的一大转折,因为创作主体身份、地位等的变化,决定了词的情感、体式、品格的巨大变化。

文士填词,一般认为始于李白,今存《菩萨蛮》"平林漠漠"即署在李白名下,李白也因此被称为"百代词曲之祖",但该词是否李白所作,还存有疑问,而中唐前后,张志和、刘长卿、韦应物等人开始进行词的创作,却是事实。张志和有《渔歌子》五首,描绘水乡风光,在理想化的渔人生活景象中,寄托爱自然、慕自由的情趣。韦应物、戴叔伦的《调笑令》,是最早描写边塞景象的文人词。白居易、刘禹锡是中唐时期填词较多的作家。他们的词,富有民间韵味,如白居易的《长相思》"汴水流"、刘禹锡的《潇湘神》"斑竹枝",都是如此,这是文人向民间学习的结果。可是一旦文人以词相和,却又是另一种境界。如白居易和刘禹锡的两首《忆江南》,通过自然景物的烘托,袒露诗人的襟怀,寓情于景,韵味悠长,文人气息多了,民间歌词的情调却远了。

到晚唐,出现了一位专门以填词著名的诗人,他就是温庭筠。温庭筠诗与李商隐齐名,世称"温李",但他对后世的影响,却是词大于诗的。应该说

刘禹锡
[清]上官周 作
——乾隆八年(1743年)刻本
《晚笑堂画传》

张志和

温庭筠诗作在晚唐时期虽较李商隐略微逊色，但总体水平不差。其诗工于写景，善于描摹，精工整练，情感深幽，一方面很好地体现了晚唐的细约婉美，另一方面又以婉曲抒情而感动人心，有李商隐的情深执著，又不那么隐曲难以索解，在晚唐诗坛，除杜牧与李商隐并称小"李杜"之外，确实再无人能与李商隐相提并论。但是，温李二人又各有所专，李商隐专注于诗，并在杜甫之后将七律发挥到极致，诗名压过了温庭筠，温庭筠则精通音律，熟悉词调，词作的艺术成就独步晚唐，词名压过了诗名。所以，虽然前人"温李"并称，立意在诗歌上较短长，但今天我们视之为他二人一个代表晚唐诗，一个代表晚唐词，二人于诗于词双峰并峙，也是可以讲得通的。

温庭筠现存词六十多首，总体上讲，温庭筠在创造词的意境上有独到之处，善于选择富有特征性的景物，通过暗示、象征等手法，构成特殊的艺术境界，逗人情思。如"江上柳如烟，雁飞残月天"、"杨柳又如丝，驿桥春雨时"等，看似客观的景物描写，在景物的撷取、嫁接中，隐含着心情意绪和审美追求，含蓄传情，耐人寻味。再如那首著名的《菩萨蛮》"小山重叠金明灭"，着力刻画闺中人华贵的服饰、艳丽的容貌、娇弱的体态，宛然南朝"宫体"的风神，所不同的是，在浓墨重彩背后，审美主体情感的冷峻、客观、内敛，都向读者传达出词人内心的独立、孤寂、伤感。这种借精巧构思、意象叠加来

温庭筠
[清] 上官周 作
——乾隆八年(1743年)刻本
《晚笑堂画传》

第四章 晚唐文学

婉转传递情感意绪的词风，在温庭筠之前，还没有出现过。后人称他词风"密丽"，应该主要是指他的这种风格。当然，他另有一些闺情词，如《望江南》"梳洗罢"、《更漏子》"玉炉香"，用清新流畅的语言，表现妇女的离愁别恨，保留着民歌的风神，跟这种密丽的词风就完全不是一回事了。

温庭筠的这种词风，在五代时传到西蜀，颇受青睐。在西蜀词人汇编文人词集《花间集》时，温庭筠便被列在首位，成了《花间》第一词人。这一方面是因为他"密丽"的词风很得西蜀词人的欢心，另一方面可能跟他所长偏于闺情的题材也有一定的关系，因为从《花间集》来看，西蜀词人似乎特别喜欢表现男女恋情——词从民间从边塞大漠走近文人、走入宫廷，题材便日趋狭窄，风格也日趋绮艳，为后人以"艳科"论词埋下了伏笔。

晚唐的另一位代表性词人是韦庄。面对晚唐纷乱的社会，韦庄曾写下一些悲叹时艰和怀慕承平的诗歌，因为明知大厦既倒，无可挽回，难免流露出及时行乐的颓放之意，诗风近于轻浮。诗歌之外，韦庄善填小词，特别是入蜀侍立于王建小朝廷后，蜀中的富庶和生活的安定，更兼小朝廷绮艳的风气熏染，使韦庄的创作由诗转为词，由关山漂泊转向歌舞筵前。与温庭筠不同的是，韦庄词风清新明朗，如《思帝乡》，写一个天真烂漫、热爱生活的少女对真挚爱情的热望，只用白描手法，恰到好处地刻画

韦 庄

出少女纯真、透明的心怀，人物形象十分生动，很有民歌的气息，全然没有《花间集》的脂粉气。又如《女冠子》二首，一写别后梦中相见的欢欣、喜悦，一写梦醒后的惆怅、凄凉，将同一词牌作"联章"体处理，扩大了词的容量，这在五代词中是比较少见的。这种淡笔抒情的词风，上承白居易、刘禹锡等人的《忆江南》风格，下开南唐冯延巳、李煜等词家，虽然在《花间集》中只能视作别调，却是淡雅、清劲词风一脉中不可或缺的一环。

第四节 通俗文学的繁荣

由于通俗文学多数是以口耳相传的方式传播，所以留存后世的资料往往很少。从现存敦煌写本资料来看，唐代的通俗文学，除词之外，还有变文、俗赋、话本等多种样式，虽然这些东西内容驳杂，技法粗糙，艺术价值与精致的文人作品相比要逊色得多，但民间文学作为文人创作的源泉，这些最初的艺术创作，汇聚起来的力量却是相当大的：巨量的作品中，折射出的审美心态、风俗时尚，给了文士们一个披沙拣金的机会，丰富的题材、多变的章法、多样的手法，给文士们太多借鉴的可能。这里对几种比较典型的通俗文学体裁及其代表作品作些简要介绍。

变文。变文是寺院僧侣以通俗易懂的文字向听众作宣传的东西，一般是讲一段唱一段，所讲所唱都是佛经神变故事。为了吸引听众，还会有些变相（介绍佛经神变故事的图画）。这种诉诸信众视觉和听觉相结合的宣传佛经的艺术形式，颇受文化根基不深的下层百姓的欢迎，隋唐时十分流行。

讲佛经的变文的基本格式，一般是先引一小段经文，然后边讲边唱，加以敷演。在讲唱过程中，一般诵说时大量运用四、六句，吟唱时则通常运用五、七言诗，韵散相间，彼此结合，易于为人接受。如《妙法莲华经讲经文》、《维摩诘经讲经文》，就是这样。也有直接讲唱佛教故事，不引经文的，如《降魔变文》、《大目干连冥间救母变文》，就是这样。变文一般都规模宏大，描述神变往往带有丰富的幻想。如《降魔变文》写佛弟子舍利弗与"外道"六师斗法。六师先后化出"顶侵天汉"的宝山，"莹角惊天"的水牛，"口吐烟云"的毒龙等，最终一一为舍利弗化出的金刚、狮子、鸟王所破灭，其中有不少想象瑰奇的描绘，很可能为后来的《西游记》所借鉴。由于信徒众多，讲唱变文大受欢迎。赵璘在《因话录》中如此记载晚唐俗讲僧文溆宣讲佛经变文："愚夫冶妇乐闻其说，听者填咽寺舍。"

　　源于寺庙的这种讲经方式，因为广受欢迎，便吸引一些民间艺人借鉴它来讲唱一些佛经以外的故事，将题材内容拓展到寺院和佛经之外。因此，我们现在看到的变文，一般分宣讲佛经的和述说其他通俗讲唱文学作品两大类。非宣传佛经的变文作品，一般以讲唱历史故事为主，大多有生活气息和现实意义。其中《伍子胥变文》揭露楚平王的淫乱残暴，突出伍子胥的报仇决心，还写出了浣纱女、渔父等不贪富贵、杀身成仁的高贵品质，有很浓的民间传奇色彩。还有如《孟姜女变文》、《张义潮变文》、《张淮深变文》等，都有很强烈的现实批判意义。这类非宣传佛经类的变文，因为跟生活更加贴近，想必更受欢迎，也因此势必影响其他通俗文学。赵璘《因话录》中就曾讲："教坊效其声调以为歌曲。"可见当时教坊歌曲与说唱文学也存在相互影响。

　　这种通俗文学样式，到了宋代进一步演变，重讲轻唱者发展成话本、词话，重唱轻讲者则发展成转踏、戏曲。当然，这个过程是十分漫长的。

　　俗赋。这类赋采用传统赋体的方式和手法，但遣辞造句不求典雅，往往出以诙谐、调笑，表情达意直接大胆，保留着民间文学的特色。如《韩朋赋》、《晏子赋》、《燕子赋》等。《韩朋赋》本事最早见于《搜神记》，写韩朋夫妇被宋王迫害，双双殉情。全篇文字古朴，多用古韵，很可能是隋唐以前流传下来的。《晏子赋》写晏子使梁，梁王见他矮小丑陋，设辞讥笑，却反为晏子所嘲。《燕子赋》写黄雀强夺燕巢，燕子诉于凤凰，反被凤凰判罪，类似于寓言故事，很有民间特色。

　　词话。敦煌材料中有《庐山远公话》、《韩擒虎话》、《叶净能话》等，残缺的《唐太宗入冥记》也属于这一类。与变文不同的是，词话是以散文为主讲说故事，很少或没有诗歌配合。《叶净能话》写道士叶净能的神奇故事，是为道教作宣传的东西。其中叶净能惩处抢占张令妻子的岳神和魔祟康太清女儿的妖狐，以及他带领唐明皇游月宫等情节描写，仙影飘飘，曲折动人，可以说是现存唐人话本里较有代表性的作品。

词文。其实就是一种通俗叙事诗，如《季布骂阵词文》和失题的董永唱词。它们全用七言诗歌唱，而且一韵到底。《季布骂阵词文》叙季布在阵上骂退汉王，汉王灭楚后悬赏搜捕季布，季布几次蒙难，终凭过人机智绝处逢生。全诗故事曲折，铺叙详赡，长达三百二十韵，四千四百多字，可以算得上我国唐代以前汉民族最长的叙事诗了。

民间歌谣。即唐人口头传唱的歌谣。就现存的唐代民间歌谣看，有不少暴露现实黑暗的，如《王法曹歌》，"驴咬瓜"、"牛嚼沫"的比喻，不仅神态逼真，而且蕴含着强烈的爱憎。有些歌谣直接吟唱繁重税赋给人民带来的痛苦，以及农村破败、人民逃亡的凄惨景象，跟李绅《悯农》、聂夷中《伤田家》等诗所描写的景象十分接近，可见歌谣对新乐府的影响。由于唐代国势强盛，不断扩边，民间歌谣里也有一些歌颂爱国将领的作品。如《薛仁贵军中歌》，短短两句诗，将民族英雄薛仁贵及其部下壮士在天山凯旋归来的豪情渲染得十分生动，让我们感到歌谣对边塞诗的影响。

包括变文在内的唐代通俗文学，题材、体制多种多样，艺术水平良莠不齐，而且保存下来的甚少，我们今天很难作出全面公允的评价。值得一提的是，唐代的通俗文学不但在一定程度上影响当时的创作，如变文对传奇小说的影响，甚至对《长恨歌》、《秦妇吟》等这些长篇叙事诗都产生过很大的影响，而且对后世文学的思想观念、审美趣尚、风格样式等，都有深而远的影响。首先，这些作品爱憎分明，富于想象，喜用夸张，表现了一般民间文学的共同特征。其次，这些作品中保存了大量的历史故事和民间传说，成为后世文学创作的源泉。最后，作为民间新起的文学样式，唐代的民间文学，无疑是宋元时期一些新的文学样式，如话本、词话、弹词、戏曲等的前驱，这使我们清楚地看到宋元时那些文学样式是怎样经过长期的酝酿，在民间艺人、文人雅士的共同努力下，一步步逐渐壮大起来的。

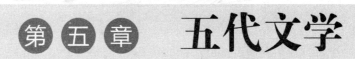

唐宋文脉
TANG SONG WEN MAI

第五章 五代文学

第一节 概　要

　　从前面的介绍可以看出，晚唐以来，文坛上细约、敏感、绮艳的审美思想是占据主导地位的，这种风气，有一个渐进的过程。晚唐文人黄滔在《答陈磻隐论诗书》中作如此勾勒："逮贾浪仙之起，诸贤搜九仞之泉，唯掬片冰；倾五音之府，只求孤竹。虽为患多之，所少奈何，孤峰绝岛，前古之未有。咸通乾符之际，斯道隙明，郑卫之声鼎沸。号之曰今体才调歌诗。援雅音而听者懵，语正道而对者睡。"意思是说从贾岛开始，已表现出唯美的倾向，到"咸通乾符之际"，此风更炽，而且向"郑卫之声"发展，所缘之"情"日益狭隘。在绮美婉曲的诗歌窥入香奁闺房的同时，轻艳寰薄的文士们又将发端于民间的"曲子词"拉到歌舞筵前，以绮艳之思助窈窕之态，于是，香艳之诗与侑酒之词桴鼓相应，交互渗透，渐渐至于诗词合流的境地。

　　五代时期征战连年，宇内瓜分豆剖，罕称文治。时代风气、社会文化、审美趣尚等等，都处在变化之中。这样的格局也有一个好处，就是地域文化特色得以进一步彰显。主要原因在于：一是中原地区作为汉文化的中心地带，因为武人当道，斯文扫地，京师失去文化中心的地位，文士们四出奔波，强势文化势能的衰退，给了各地地域文化崛起的空间；二是地域文化因政治割据而得以强化。十国当中，闽、吴、

南唐、西蜀诸地，因境内相对安宁富裕，文士多往依附，文化上便有所建树，特别是南唐、西蜀，立国相对较久，文人比较集中，文化建树较高，晚唐缘情体物的风气主要也是在这两地获得继承和发扬。

但是，南唐和西蜀又不完全相同，南唐所辖主要在长江下游，由于长江流域的文化特质，自上古以来便与中原不大相同，地域文化特质源远流长，一直较为明显，加上南唐小朝廷君主很是俊雅风流，晚唐绮靡恻艳，与江南的明丽畅达相结合，最终归于清劲隽秀。这种清雅之风，不仅使诗趋于"言志"，还促使词向诗靠拢，将"小词"引向向上一路，特别是李后主的词，将身世之感入词，"境界始大，感慨遂深"，拓宽词境，提升词品，还为宋人以诗为词、以文为词埋下了伏笔。

虽然自上古以来西蜀一带文化便彰显出鲜明的个性，但西蜀与南唐却又明显不同，一方面西蜀处于四塞之境，自古以来浮艳夸饰之风便长盛不衰，近年来出土的三星堆文化就很能说明这一点；另一方面晚唐时期皇帝多次入蜀避祸，五代时期入蜀者从一开始便以享乐为目的，所以，前蜀后蜀相继，君主臣下皆入艳思，将细约婉媚与缘情体物相结合，演变而为轻艳浮薄，有理由看成是对晚唐文风的进一步演绎和深化。这种轻艳文风，不仅使诗更趋于"缘情"，还促使诗向词靠拢，将诗与词合流，因此，西蜀词坛便固守花间宴前，坚守词的"燕乐"功能，对维持、发扬词的体性本色，有不可忽视的作用，但不能走出词为"艳科"的本色局限。主要汇集西蜀词人词作的《花间集》，很好地证明了五代时期诗词合流的事实，其中相当分量的作品都是那时词坛轻艳浮薄思想的反映。

第二节　缘情绮靡的南唐

对五代文坛的香艳之风，一般文学史都举韩偓的《香奁集》为例。值得一

第五章 五代文学

提的是，韩偓之作虽然大体香艳，但终究是有感而发，还是在"思无邪"的范围里的。《南唐近事》记韩偓死后，温陵帅听说他家里藏了不少箱旧物，锁得好好的，不给别人知道，便猜测可能有许多珍玩珠宝，便派亲信去索求，结果却大出意料："惟得烧残龙凤烛、金缕红巾百余条，蜡泪尚新，巾香犹郁。有老仆泫然而言曰：'公为学士日，常视草金銮内殿，深夜方还翰苑。当时皆宫妓秉烛以送，公悉藏之。'"有了这则本事为证，韩氏《香奁集》中那些涉及男女情感的作品，似乎都可以跟李商隐的"无题"一样看待：李商隐作为地方官员的幕僚，所爱为官府之珍，不敢、不欲却又不舍，缠绵悱恻，见诸言语。韩偓以大学士的身份，侍立君王之侧，实质上也是个幕僚性质的官员，在收工之后，夜深回衙，得宫人相送，并赠以随身之物，撞击多情文士情怀，激起隐约思绪，当然也是人之常态。

但是，到五代时期，情感渐少而情欲日炽，甚至有专以狎邪淫乐、调妓泄欲为创作目的的倾向，趋于变态，完全不是《香奁集》所可统括。这些作品，虽说是作者率性而为，当时不失风流得意，但在文学史上留下的痕迹却十分有限。《五代史补》卷一记曹唐讥罗隐"有女子障诗"，为"若教解语应倾国，任是无情也动人"，为调情之作。孙棨《北里志》记士子与妓女交往，甚至有"尝题记于小润（妓名）髀上"的事，为另一士子所见，又调之以诗曰："慈恩塔下亲泥壁，滑腻光华玉不如。何事博陵崔四十，金陵腿上逞欧书。"轻浮淫靡已甚，不堪入目。让人惊讶的是，这种士风，在当时并非特例而是常事，同书又记夏侯泽及第而狎牙娘（妓名），不知为何，竟被其批颊破面，次日，所有及第者在年主司那里集会，被同年士子看见，这个夏侯泽不仅没有丝毫的愧色，反而朗声道："昨日子女牙娘抓破泽腮。"新进士子被妓女抓破了相，竟然在主司面前大声讲出来，胆子确实不小，更难以想象的是，身为主司的裴公瓒不仅未加申斥，反而是"俯首而哂，不能举者久之"，当时士风可见一斑。《北里志》的作者孙棨也

罗　隐
——清道光间刻本
《吴郡名贤图传赞》

是个中好手,他本人冶游北里,与福娘宜之(妓名)交往便跟上面的故事相似,在妓"戒无艳"(告诫不要写艳情文字)时,乃赠以艳情之作,还很为此得意。在这种风气中,"缘情"向"绮靡"转化,可以说是一种总体趋势,只不过就像前面分析的那样,由于政治上的分裂,给了地域文化一定的发展空间,"绮靡"文风也就因地而异了。

先看南唐文坛。江南的明艳、旖旎,给了文学别样的灵性。自古以来,抒写性情、体悟人生,便是江南文学的特征,所以,虽然这时整个文坛以"绮靡"为最大特征,但江南立国的南唐,却能别具特色,总体上讲,这时南唐的文坛虽不乏绮艳,却少狎玩,真情抒发仍是不变的内核,特别是几位代表性的作家如徐铉、徐锴、李建勋、韩熙载、冯道、李中、孟宾于等,作诗多咏物之作,有"体物"的迹象,但人生喟叹却或隐或显,见诸篇什,当然,不可否认,在末世情怀的影响下,狎妓娱情、清雅豪奢的风气也是很盛的,史料上也有不少记载,但落诸笔端,见诸吟咏,却是比较少的,纵入艳情,也不失品格。如李建勋的《殴妓》诗:"自为专房甚,匆匆有所伤。当时心已悔,彻夜手犹香。恨枕堆云髻,啼襟揾月黄。起来犹忍恶,剪破绣鸳鸯。"前半写殴妓后的悔悟,情真意切,后半写被殴之妓的神态动作,率真自然,虽入闺房,却不俗艳。

这种美学倾向,在词这个新兴抒情诗歌体裁中,也有明显的体现。南唐词坛的重要作家有冯延巳、李璟、李煜。其中以李煜的成就为较高,影响也最大。身为末世之君,李煜以天才的文人气质,却走上了政治的中心,对他自己而言,无疑是个巨大的悲剧。他的一生,以南唐亡国为界,分为前后两期。前期主要是描写宫中生活的闲适得意,展示的是一位率意、任性而又多情的形象,后期因家国变故,以敏感、脆弱的情怀,去承担国破家亡的人生巨痛,完全是用血泪抒写家国之恨。虽然在题材和情感上看,李煜的作品前期跟后期大不相同,但其人以赤子之心写诗作词,

李 煜

却是一脉相承的。他前期写的诗如《赐宫人庆奴》："风情渐老见春羞，到处消魂感旧游；多谢长条似相识，强垂烟态拂人头。"没有丝毫轻浮绮艳之思，纯任性情荡漾，甚至有点儿盛唐王昌龄《宫词》味道。他后期写词，将身世之感打并入"小词"之中，后人称之为提高了词的品格，指出了向上一路，肇启词学新途。

李煜文学创作的成变，主要体现在词上，他的词，在艺术上很好地体现了江南文学的风神韵致。首先，他用"小词"来直抒胸臆，进一步摆脱了词作为"燕乐"或者"宴乐"的娱情功能，跳出了单纯描摹歌妓神态、揣度女子心理的套路，而是直接倾泻作者内心的深哀与剧痛，让文人情怀与读者直面相对，将词作为述志言怀的一种新诗体，使词进一步文人化了，这为后来豪放派词家的纵横捭阖奠定了基调。第二，白描的手法。豪放之词，难免叫嚣，悲苦之词，易于呻吟，但平淡隐忍之中，悄然吐露无尽的痛楚，才有可能达到此时无声胜有声的艺术效果。李煜的词，正是用白描的手法抒写他的深沉的生活感受，在"小楼昨夜又东风，故国不堪回首月明中"的感叹中，那囚笼般的小楼，那无情的阵阵东风，那悄然冰冷的明月，交织出一片凄凉、孤苦之境，将身陷囹圄的词人硬生生拉回到梦幻的往昔，让他咀嚼人生悲苦的况味。那"梦里不知身是客，一晌贪欢"的得意与失意交织而成的虚幻感，绝不是超出悲欢后的欣喜，正是惯于往日欢欣、难忘往日欢欣的执著。这样以白描寓深沉内涵的艺术手法，若不是内心承载着巨大的痛苦，是不可能写得出来的，也就是说，这份赤子情怀，靠装是装不出来的，也只有这种用血写出来的文字，才能构成画笔所不能到的意境。第三，是善于用贴切的比喻将抽象的感情形象化。这是一个具体的表现手法，但李煜的好处是，能将之与白描的手法结合起来，不给人丝毫的做作和不自然感，如写愁，用"恰似一江春水向东流",如叹春光逝去,用"流水落花春去也",都是如此。这种明净、省练的优美,接近口语的表达,对江南文学传统是很好的继承,也给后来宋代文人作了很好的示范。

为什么南唐诗学会由"缘情绮靡"返回缘情体物,甚至某种程度上显示出主情的特色?原因是多方面的。应该看到,南唐为十国之一,一直相对比较安定,儒风未减、士道不坠,儒学价值观仍为士人的精神支柱,清雅的审美追求仍是主流。略举数例:宋齐丘,"天下丧乱,经籍道息。齐丘忿然力学,根古明道,宗经著书。"李建勋,畜一玉磬,客有谈猥俗之语者,击之以代洗耳,清雅如此,其人"遍览经史,资禀纯儒"。汪台符,"博贯经籍,善为文章,不逐浮末,有王佐权霸之才。""江南二徐"(徐锴、徐铉)更是"大儒也",他如郭昭庆"博通经史",卢郢"好学有才艺",舒雅"以才思自命",陈省躬"少负辞学,与徐铉兄弟友善",江梦孙"颇蕴艺学……远近崇仰,诸生弟子不远数郡而至者百人",康仁杰"喜儒学,颇自励",孙鲂"家贫好学",伍乔"性嗜学,以淮人无出己右者,遂渡江入庐山国学,苦节自励",刘洞"学诗于陈贶,精思不懈,至浃日不盥",夏宝松"少学诗于建阳江为",孟宾于"力学不息",刘炎"少负词学",沈彬"能为歌诗,格高逸",史虚白"世习儒学,长而富文",陈陶"幼业儒素,长好游学",诸如此类,不可尽举。如此多对儒道执著的文士见著史籍,在五代时期的各种史书中,都算得上是比较多的,可见南唐士风未坠。同时,南唐君主有较高人文素养,虽尚豪侈,于借诗文抒情,却往往能发乎情止乎礼,对臣下越礼行为也多有约束。如韩熙载"畜女乐四十余人,不加检束,恣其出入,与宾客聚杂。后主累欲相之,而恶其如此,乃左授右庶子"。以上诸种因素相结合,可以比较简明地说明为什么南唐文坛以清雅抒情为特色,守住了缘情的底线,未至猥亵淫靡的境地。

南唐整个诗风皆能从君主所尚,具清雅淡宕特色,风流俊赏,不坠恶趣,缘情而不纵欲。徐铉《萧庶子诗序》中这样说:"人之所以灵者,情也;情之所以通者,言也。其或情之深,思之远,郁积乎中,不可以尽言者,则发为诗。诗之贵,于时久矣。虽复观风之政阙,道人之职废。文质异体,正变殊涂。然而精诚中感,靡由于外奖,英华挺发,必自于天成。"在《文献太子诗集序》中,他又说:"唯奋藻而摛华,则缘情而致意。"对"情"的理解,集中在"精诚中感"上,显然已经突破了晚唐那种狭隘的"缘情"诗学观。所以说:诗在南唐一闯"情"关,便走出闺房,迈出了朝向宋调的第一步。

第三节 轻艳浮薄的西蜀

与南唐不同,西蜀虽然地处偏僻,但天府之国,物产丰富,民喜豪奢,加上晚唐时中原变乱纷扰,帝王西狩往往入川,地域文化与末世文化相互激荡,共同演绎出晚唐文风进一步堕落的迹象:辞尚轻艳,情则浮薄,"宫体"之风愈演愈烈,狎妓纵欲无所顾忌,真情流露,往往不够。与南唐君主以清雅相尚不同,西蜀几位帝王或无文学才思,或思涉浮艳。举前蜀后主王衍《宫词》为例:"辉辉赫赫浮玉云,宣华池上月华新,月华如水浸宫殿,有酒不醉真痴人。"其前小序录《蜀桃杌》述其本事,更见当日君臣相谑之状。君主如此,上行下效,臣下更是有过之而无不及;诗且如此,歌舞筵前的小词就更不用说。《花间集》这部以西蜀词人为主的词集,正是当日淫靡士风的见证。

《花间集》一直被视为我国第一部文人词集,后蜀赵崇祚编。共收温庭筠、皇甫松、韦庄、薛昭蕴、牛峤、张泌、毛文锡、牛希济、欧阳炯、和凝、顾夐、孙光宪、魏承班、鹿虔扆、阎选、尹鹗、毛熙震、李珣等十八位词人的五百首词作。其中大多数作者是西蜀词人,只温庭筠、皇甫松、薛昭蕴是晚唐时人;张泌历仕南唐;和凝历仕后唐、后晋;孙光宪历仕荆南高氏,所以这部词集也可以称得上是晚唐五代文人词的总集。《花间集》中的作品有几个明显的共同点:第一,体裁以源于民间的"小调"为主;第二,内容以男女恋情、离愁别绪为主;第三,风格偏于阴柔,以文小质轻、径狭境隐为主,甚至约有三分之二的作品,是以女子的口吻抒发感情的,因此后人往往病其"儿女之情多，风云之气少"。当然，这与当时正重词的"燕乐"功能是相呼应的，正因为如此，所以作为文人"曲子词"的总集与范本，《花间集》被后代填词家奉为正宗，承其文脉的婉约词风，也一直被视为词坛正宗，而豪放词风却一直被视为别调。

为什么晚唐文风会在南唐另开风气，却在西蜀愈演愈烈？我们认为，原因主要有三个方面：首先，士风人情与江南不同。西蜀为四塞之境，川西平原广袤，物产丰富，民风豪奢，长期受道教影响，富于浪漫激情。末世皇帝西狩，帝王所到之处，浮奢风习便至，更易刺激浮艳社会风气炽烈，这是滋生浮艳的沃土。唐代经过安史之乱直到晚唐的权力更替，李唐皇帝遇事幸蜀，几乎成为惯例，随往之士，多是乱世颓唐之人，带去颓废的人生观、价值观的同时，也带去了晚唐宫廷轻艳的诗风。五代时王建入川开国，以"西川号为锦花城，一旦收尅，玉帛子女恣我儿辈快活也"号召部属，对后主"太子好酒色"、"好私行，往往宿于倡家"的劣迹，虽然心知肚明，却也不加管束。宫廷生活淫佚放纵，导致社会风气奢靡浮华。西蜀诗学趋于轻艳浮薄，在所难免。

其次，从文化思想根源上讲，南唐佞佛，西蜀尚道，佛求清静，道崇虚玄，佛徒清心寡欲，以身侍佛，道众性命双修，无意禁欲，两相比较，在审美情趣与生活方式上大不相同。蜀中本是道教兴盛之地，李唐又以李耳后人自命，其避乱"幸蜀"，在客观上对蜀中道教文化的发展起了促进作用。道教讲阴阳二气和合，以放情葆真为要义。南唐则不同，自佛教传入，便在江南一带传教，信徒甚众，南朝时甚至有帝王出家为僧的事。据载，南唐后主李煜奉佛，每退朝即与小周后着僧衣侍佛，长跪叩首至于额上起疴。与之鲜明对比的是，前蜀后主王衍则崇奉道教，尝幸青城，"随驾宫人皆衣画云霞道服，衍自制《甘州曲》辞，亲与宫人唱之曰：'画罗裙，能结束，称腰身。柳眉桃脸不胜春。薄媚足精神。可惜许，沦落在风尘。'宫人皆应声而和之。"虽然他所谓"风尘"本意是指凡世，但若不明就里，就很像一首狎妓之作。

再次，离乱之世，价值观念呈多元化倾向，当时蜀中"高士"，不愿同流合污，多隐遁高蹈，不为所用。苏洵《族谱后录下篇》记："是时王氏、孟氏相继据蜀，蜀之高才大人皆不肯出仕，曰：不足辅。仕于蜀者皆其年少轻锐之士，故蜀以再亡。"据苏洵讲，这种风气，到宋朝初期都没有太大的变化，所以北宋仁宗朝时，西蜀文坛都相对沉寂，直到苏洵带着苏轼兄弟出川应试，一门之中，父子三人名扬京师；科考场上，兄弟二人一试及第，西蜀文风才倍受关注。

当然，也应该看到，西蜀这股"缘情"之风，虽然跟南唐的审美趣尚有很大差别，但它很完整地将晚唐文坛的气象演绎下去，将"缘情"的诗学思想，与"曲子词"的绮靡动情结合起来，将"曲子词"的燕乐娱情功能发挥到了极致。可以说，这次诗坛向词坛的靠拢，极大地刺激了词坛的活力，为文人词的发展"定调"起了很大的作用。这跟南唐词指出向上一路相比，似乎更加重要。而当时诗词合流的融合之势，也为宋代严词诗之别埋下了伏笔。所以，我们不能全盘否定这一段历史。

第四节 诗词合流

晚唐五代诗词合流的现象，是大家的共识。对比一下韩偓的《香奁集序》和欧阳炯的《花间集序》便可看出。

韩偓在《香奁集序》中这样说："遐思宫体，未降称庾信攻文；却诮《玉台》，何必倩徐陵作序。初得捧心之态，幸无折齿之惭。柳巷青楼，未尝糠粃；金闺绣户，始预风流。咀五色之灵芝，香生九窍；咽三危之瑞露，春动七情。"

欧阳炯在《花间集序》中这样说："则有锦筵公子，绣幌佳人，递叶叶之花笺，文抽丽锦；举纤纤之玉指，拍按香檀。不无清绝之辞，用助娇娆之态。自南朝之宫体，扇北里之倡风，何止言之不文，所谓秀而不实。"

前者论诗，后者论词，却为我们指明了五代时期诗、词都以宫体诗为源头始祖的事实，对照二文，其审美趣尚的趋同是十分明显的。韩偓所谓"咀五色之灵芝，香生九窍；咽三危之瑞露，春动七情"，与欧阳炯"递叶叶之花笺，文抽再锦；举纤纤之玉指，拍按香檀"，美学追求完全一致。韩偓"遐思宫体，未降称庾信攻文；却诮《玉台》，何处倩徐陵作序"，欧阳炯"镂玉雕琼，拟化工而迥巧；裁花剪叶，夺春艳以争鲜"，重在绮情描摹，也完全一样。当然，相对而言，韩偓较重自然之情的感发，到欧阳炯这里，偏嗜"镂"、"雕"、"裁"、"剪"，要通过人工"拟化工"进而达到超化工的地步——二者的不同，正是晚唐绮靡与西蜀轻艳的差异。从创作内容上看，诗、词也趋于一致。韩偓取材"柳巷青楼，未尝糠粃；金闺绣户，始预风流"，与欧阳炯倡导"自南朝之宫体，扇北里之倡风"的曲子词的内容，是十分近似的。

除此之外，在对诗歌功能的认识方面，诗词也已沟通。韩偓《香奁集序》说："其间以绮丽得意亦数百篇，往往在大夫之口，或乐工配入声律，粉墙椒壁，斜行小字，窃咏者不可胜记。"可见他的诗常由乐工配乐歌唱，往往播在人口。欧阳炯《花间集序》："名高白雪，声声而自合鸾歌；响遏青云，字字而偏谐凤律。《杨柳》、《大堤》之句，乐府相传；《芙蓉》、《曲渚》之篇，豪家自制。"虽然为诗配乐与按谱填词有所不同，但诗词音乐性的娱情功能，却都被发掘了出来。

对于这种晚唐五代时期词体与诗体参糅相杂的现象，陈伯海先生在《唐诗学引论》"清源篇"中曾有精到的描述："像'娇娆意绪不胜羞，愿倚郎肩永相著'（《意绪》）、'想得那人垂手立，娇羞不肯上秋千'（《想得》）、'小叠红笺书恨字，与奴方便送卿卿'（《偶见》）之类描写，绘声绘影，酣畅淋漓，活脱是词的口吻。至如《懒卸头》一诗，别题作《生查子》词，《六言三首》考断为《谪仙怨》的变体，而《三忆》、《玉合》、《金陵》诸长短句则被视作曲子词的创调（见林大椿《唐五代词校记》引王国维语），那就更是连诗词体制也沟通莫辨了。由此看来，从温、李以至韩偓诗的词化现象愈来愈明显，终于到达诗词合流的地步，这应该说是晚唐诗演变中的一大关键。"

这里应该说明的是，诗词合流是有前提条件的。晚唐五代，由于时代风气使然，诗多个人情感的体验，审美上趋于细约婉美；词从民间走向歌舞筵前，审美上倾向变婉抒情。二者在创作群体、审美追求、主题意旨、价值功能等方面，都存在趋同性，这就为诗词合流提供了充分而必要的前提条件。这还不够，导致晚唐五代诗词合流达到水乳交融状态的，还有一个更加重要却往往被忽略的前提，那就是当时兴起于民间的词，在体式上还不够稳定。晚唐五代诗格兴盛，对诗的"体"、"格"有了很深的认识，对兴于民间而转入文士之手的"小词"，却很少从"体"、"格"上去约束，这就为文士们按谱填词时作审音合律、定体入式的规范提供了可能，而这个过程，其实也就是文士们进行创作实践，并贯注其诗学思想、审美观念于词体之中的过程。本来，像敦煌曲子词，由不同社会地位的人士创作，从不同侧面广泛而深入地反映社会生活，词的格调品位、审美情趣都与晚唐诗风相异，不可能在如此短的时间里便呈现诗词合流的现象。正是由于当时词体的不稳定，才一下子倒向了那种诗学品格，使得文人有可能给词置入一个"艳科"的内核，深深地打入词品，把婉约言情固化成为词的最大审美特征，直到诗歌回归到"言志"的传统，词都保守婉约本色，借词之"缘情"与诗之"言志"分庭抗礼。

诗词合流有这些前提条件，也就意味着，诗词只能在一定层面上合流，一旦这些条件不再具备，诗词之间存在的形态、审美、体制、格律、题材等方面的不同，都将表现出各自的特征与特性，诗与词也必然出现分歧，诗词合流也就不复存在。

事实也正是如此。南唐李后主以诗人怀抱作词，为宋人"以诗为词"埋下深层的伏笔。西蜀文化品格提升之后，诗词品性的差异实际上也已略有显露。西蜀时，后蜀诗作较前蜀已有某种程度的改观，略有胸臆怀抱显露，纵然是《花间》词，也有真情流露的作品。聊举一例证之：《古今词话》载，韦庄依王建，有宠人艳丽，兼善词翰，王建托以教内人为词，强行夺去。"（韦）庄追念悒怏，作《小重山》及《空相忆》云：'空相忆，无计得传消息。天上嫦娥人不识，寄书何处觅。新睡觉来无力，不忍把伊书迹，满院落花春寂寂，断肠芳草碧。'情意凄怨。"将此作与王衍篇什作对比，其情真意切与轻佻寰薄相异，自不可同日而语。宋初词走《花间》小令之路，而诗则"白体"、"九僧体"与"昆体"并行，正是诗词分流后的一种必然状态。诗词殊途经宋初演绎，便成定势，为两宋之交的李清照提出词"别是一家"埋下伏笔。至南宋姜夔出，以江西笔法为词，再谋诗词的暗渡沟通，在词坛兴起清劲之风，虽然可以称得上是另一次的诗词合流，但跟西蜀文坛诗向词靠拢不同，这时是词向诗靠拢，是补走南唐的那条路，虽然对词品的提升起了积极的作用，却终被归入"极变"之列，不入生香本色之境。深究这当中的原因，不能不说是诗词合流的诸多因素未能齐备之故。

唐宋文脉
TANG SONG WEN MAI

第六章 北宋前期文学

第一节 概 要

群雄纷争，终有强者出头。十世纪六十年代前后，赵匡胤（宋太祖）、赵匡义（宋太宗）兄弟花了近二十年的时间，先后平定北汉、南唐、吴越、南汉、后蜀等割据政权，五代十国变乱更迭的局面大体结束，赵宋王朝基本上实现了大一统，但是，北有辽，西有夏，少数民族政权依然强势存在，威胁着北宋。

少数民族政权的顽强挺立，时时激化起民族间的矛盾。在炽热的民族融合的烈焰中，彪悍的部落文化经过不断的淬炼，最终融入汉文化之中。这个过程，在表现出汉文化巨大包容性的同时，又暴露其柔弱的一面，在显示其制度优越性的同时，又暴露出制度精细化所带来的活力缺乏的一面，所以，靖康之难，宋室一败涂地，国土丧失大半，唯有苟且偏安，才能勉强维持，但是，自那以后，风雨飘摇之感，给社会心理投上了极大的阴影。所以，在中国历史上，经过前代的不断积累，中华文化的全面发展与丰收无过于宋，同时，国家政权对外软弱者也无过于宋。

从文学的角度看，城市经济的发达、市民文化的兴起，大大地促进了市民文学的繁盛；文人群体意识的全面觉悟、文学功能的重新认识与定位，赋予了宋代文学自由的质性，导致其全方位发展，别具特色。文学史上，把"唐音"与

"宋调"对举,就很好地说明了这一点。

第二节 "唐音"延续

赵宋王朝虽然从政治上讲基本统一了全国,但五代十国期间地域文化的膨胀,却不会简单地随着政治上的统一马上形成文化上的一元化,所以,宋初的文坛,"唐音"断续,基本上是五代十国文学格局的延续,旧习难改,少有变化。就诗歌而言,大体上是晚唐五代时最盛行的三大流派——以平易之语描摹浅近意兴的"白体"(以白居易为师法对象)、以工巧诗句勾画逼仄境界的"晚唐体"(以贾岛、姚合为师法对象)、以绵密语言堆砌繁富意象的"昆体"(以李商隐为师法对象)。

先说"白体"。此"体"可能是当时影响面最广、阵容最强和最受欢迎的。《蔡宽夫诗话》载:"(宋初)士大夫皆宗乐天诗,故王黄州主盟一时"。擅长此体者,以王禹偁为首,代表人物还有由南唐入宋的徐铉。身为南唐文士,徐铉作诗,与中主、后主相似,以清丽见胜,入宋之后,身世、时势的巨变,给他的诗蒙上了一层灰暗的色彩,多了怅惘之情,以淡语传愁绪,成了主要的风格。他那些《柳枝辞》,都是模拟民歌的作品,虽然朴素不如民歌,但语言浅易流畅,跟当年白居易向民歌学习差相近似。

跟徐铉相比,王禹偁的成就更大一些。王禹偁三任知制诰,又三次被黜,晚年任职黄州,所以又称"王黄州"。这样的经历,跟白居易也有几分相似。他在京任谏官时,有《对雪》诗,贬官商州时,有《感流亡》诗,感叹民生疾苦,与白居易的"讽喻诗"可谓一脉相承,明显可以看出来是以白居易的诗歌为法帖:语言浅切,对仗工整,铺叙从容,娓娓道来,颇有情味。在《冯氏家集前序》中,他曾赞许这样的诗风:"词丽而不冶,气直而不讦,意远而不泥。"可以看成是其诗学审美的自觉。不过,王禹偁的仕宦情怀似乎不如白居易那么执著,对矛盾的揭露也不如白居易那么淋漓,所以让人感到在真情实感方面略显逊色。他另有借山水景物抒发情怀的作品,如《村行》、《寒食》等,写士子对景感怀,感情是真挚得多了,但又不如杜牧那么浏亮畅达、音韵流美。这么将王禹偁跟白居易、杜牧一对比,我们大致可以说,他的诗于浅近平易之中不时闪烁凝练工整的火花,前者是白居易的好处,后者则接近杜甫的老辣,所以他能跳出一般"白体"文人的樊篱而成为一面旗帜,成为"白体"的领袖。据说有一次,他的儿子称赞他的诗与杜诗相似,他听了非常高兴:"本与乐天为后进,敢期子美是前身。"(《前赋村居杂兴诗二首……聊以自贺》),看来他自己还是很了解自己的。

王禹偁
——清道光间刻本
《吴郡名贤图传赞》

    再说"晚唐体"。这是一群偏重苦吟却格局狭小的诗人,他们以晚唐贾岛、姚合为主要师法对象,倾向于描绘清新小巧的自然景象,往往以敏感之心,去感悟景象局部的或者是瞬间所呈现的美,语言新颖巧妙,甚至尖新,抒写失意怅惘之情,或闲适旷达之趣,代表人物如林逋、魏野、寇准、潘阆以及"九僧"(希昼、保暹、文兆、行肇、简长、惟凤、惠崇、宇昭、怀古)。这些人当中,寇准曾为高官,其余或为隐逸处士,或为山野僧侣,枯寂落寞的生活,与"不事王侯"的清高相激荡,给他们的诗歌涂上了冷色调。诗歌在他们手中,不是反映现实的工具,而是玩味生活情趣的媒介。为了显示高超的诗艺,他们喜欢将对仗做得很工整,在炼字锻句方面煞费苦心。如林逋,他那首最为人称道的《山园小梅》,即是如此。特别是其中"疏影"、"暗香"一联,从虚处落笔,遗貌取神,不正面描写梅之形象,却绘水中梅枝倒影,清幽香馨,溢于笔墨之外，构成清雅超逸的意境，传达诗人的清雅高标和人生情趣，确实为难得的佳作，素来被誉称"警绝"。但从全诗来看，一联之外，其余诗句都较平淡，未免格局太小，给人有句无章之感。此弊之外，生活狭窄，意象单调；五言短章，形式呆板；情感苍白，色彩单一等，也是这派诗人的通病。据载有人为难"九僧"，要他们写诗不许用"山"、"水"、"风"、"月"字眼，"九僧"全部为之搁笔，以为不用这些字就无法作诗，足见其诗思之狭窄。

再看"西昆体"。这批诗人以李商隐为师法对象，诗风密丽绮靡，追求精工典雅，常用隐喻、象征等手法，锤炼密集的意象，隐晦地传递游丝般似有若无的情感。与"晚唐体"一派多为山野僧侣不同，此派文士多为高官，代表人物主要有真宗时期的杨亿、刘筠、钱惟演，多唱酬应和之作。在这些人手里，诗歌不仅仅是逗才的媒介，而且是显示其学识与身份的工具。大中祥符二年（1009），杨亿把他与刘筠等彼此唱和之作编为《西昆酬唱集》，"西昆体"之名由此而来。因为他们身居高位，振臂一呼，这种诗风便盛行起来。欧阳修《六一诗话》中便说："自《西昆集》出，时人争效之，诗体一变。"

客观上讲，"西昆体"的精致含蓄，非"白体"所可比，其丰赡开阔，非"晚唐体"所能及，对矫正"白体"的浅俗、"晚唐体"的狭隘是有一定作用的，尤其是一些借古讽今之作，要眇绵密，回环往复，确实得李商隐的精髓。清人厉鹗《宋诗纪事》中讲："咸平、景德中，钱惟演、刘筠首变诗格，而杨文公与之鼎立……大率效李义山之为，丰富藻丽，不作枯瘠语。"但是，这批达官显贵的生活阅历、人生体验，总体上与隐忍郁结的李商隐是有巨大差别的，因此，他们的诗歌形式上似李诗密丽绵长，思想、情感这些蕴含于精美语言之内的东西，以及由此形成的独特的艺术张力，却很少能达到那样的水平。在《西昆酬唱集序》中，杨亿这样表述其诗学理想:"历览遗编,研味前作,挹其芳润,发于希慕,更迭唱和,互相切劘。"他们的"历览遗编",或是追步李商隐,或是为求广博,都是有意为之,而当年李商隐的历览遗编,却是所处职位的需要,是不得不为之,这就决定其诗学思想有着巨大的差距。以用典为例,李商隐借典故透视心境,用心微妙,而"昆体"诗人却往往将之弄成甲乙符号的调换以显示才学,如文字游戏。如杨亿、刘筠、钱惟演所写的《泪》诗,将往古有关悲哀的故事堆砌起来,只见死的典故,不见诗人的情感,当然就很难打动人心。

正因为"西昆体"有这样的毛病,所以它虽曾为清洗"白体"、"晚唐体"的影响起了一定的作用,但在随后的发展中,又成为攻击的靶子。从诗歌发展的角度看,打掉"西昆体"这个活靶子,也就意味着"宋调"在诗坛确立。

再看当时的词坛。总体上讲,宋初的词坛,是文人词基本上维持晚唐五代词风的路数向前推进,没有多少创新可言。值得注意的是,这时词坛南唐风味较西蜀为浓,风格稍显清新,情感略见真挚。这一倾向,可能跟南唐词坛本来就有诗化的倾向,以抒发词人内心情感为主,而西蜀词风却是借歌儿舞女的声口传达艳冶之思,一旦小王朝灭亡,李煜君臣苟且偷生,以泪洗面时,不断哀叹"故国不堪回首月明中",因此情辞感人至深。西蜀群臣随孟昶出降,离蜀之后,完全离开了艳冶的生活环境,只剩下待罪降臣的身份,也就不可能再作"花间"绮梦了。另外,赵宋一统之后,城市经济发达起来,民间新声在市井里不断发酵,日渐兴盛,不断推进词风。

第三节 市井新声的兴起

作为新兴的文学体裁,经过晚唐五代文人的努力,词在格律、题材、语言风格等方面都大体上固定了下来。但是，不同的人文环境，决定了文人的命运，也左右着词的发展。宋朝自开国以来，即重视文治，士子们身为新朝的宠儿，人生价值的热望和强烈的功名之心，促使他们更热衷于借诗以"言志"，对南唐、西蜀那般亡国君臣的娱情绮靡的词，似乎有意排斥，再说，这些人没有南唐李后主那样的身世巨变的痛楚，最多不过在私宅里如西蜀君臣那样醉酒于花间，很少将身世感慨入词，只不过樽前花间的一觞一咏而已，所以很难找到专攻于词且成就杰出者，虽不乏精妙之作，终究不以词名。如寇准有《踏莎行》、王禹偁有《点绛唇》、林逋有《相思令》等，或寄兴亡之慨，或抒绮艳之思，或具民歌气息，留下来的数量也不多，与后来宋词的蔚为大观，无论是创作个性、成就还是数量，都无法相比。

  随着时间的推移，宋代词坛涌现出了一批卓有成就的词人，他们虽诗词兼长，但词艺大增，在创作的题材、手法、技艺、体制等方面都尝试完善和精致化，晏殊父子、张先、欧阳修、柳永等，堪称是其中的佼佼者。其中，晏殊年辈较早，少时以神童应召，赐同进士出身后官运亨通，一直做到宰相。可以说，他跟李煜一样，是敏感而富有艺术气质的人，尽管他们都是以文士的情怀入词，但二人生活境遇的截然不同，导致他们的词情迥异。少年得志的晏殊，政治上并没有什么成就，于文学创作却格外关心。得意的人生，优渥的生活，赋予他满足的心态和雍容闲雅的气质。吴处厚《青箱杂记》中记载，晏殊曾嘲笑别人写的"富贵曲"有"乞儿相"，而他自己的"楼台侧旁杨花过，帘幕中间燕子飞"，才见真正的"富贵气象"。这样的生活背景，一方面使他的词在题材上不求尖新险怪，但生命的莫可名状、人生的幽渺难测，时不时透过词境，淡淡地侵袭读者；另一方面语言的洗练与技巧的娴熟构成了独特的词风，与那种恬淡闲适中的莫名愁绪相映成趣。这就使他的词藏典丽于自然，凝练精致却不失天成之趣，深永而又流畅，当得起清丽疏淡这四个字的赞许。

  如果说晏殊在宋词发展道路上的贡献在于淘洗掉了晚唐五代词的民间色彩，赋予词以士大夫的雅趣的话，他的好朋友张先的作用则在以下两个方面：一是将这种创作倾向作了更进一步的发展，二是向市井"新声"学习，与柳永相呼相应，开启了慢词之途。张先词作的题材和风格都跟晏殊相似，词风清新明丽，语言流畅而不失精巧。由于他善于写"影"，时人曾根据他词作中的

第六章
北宋前期文学

三个佳句,誉之为"张三影"(见《高斋诗话》)。张先那些遗形写"影"之作,都是体会很细、用意很深的,如此写法的背后,正是张先作为士大夫求雅的心态与情趣。此外,张先还较早、较多地采用长调进行填词创作的尝试。他所用过的长调慢词词牌有《谢池春慢》、《破阵乐》、《剪牡丹》、《卜算子慢》、《山亭宴慢》等。这种慢词,容量大,层次多,结构上要求变化和转折,对语言驾驭和创作技巧的要求都比较高。虽然张先的一些长调慢词写得还比较单薄,但从词史上看,他不仅较柳永先着一鞭,更重要的是为后代词人特别是苏轼的推拓词境提供了经验,为宋词的发展开启了一条新路。

晏 殊

晏殊的儿子晏几道也以词名,词风与其父相近,父子齐名,合称"二晏"。晏几道虽出身宰相家庭,但少年时代父亲已经去世,家道中落,又因为少年公子不喜攀附,仕途并不得意,仅做过一些下层官吏,难免于贫困潦倒中肆意疏狂,所以在他的词中,人生的感慨便较其父为深,对歌妓舞女们也在赏玩的同时寄予真情,词情深缈,于凄楚伤感之中暗寓身世之感,颇能打动人心。在《小山词自序》中,他说自己写词:"往者浮沉酒中,病世之歌辞不足以析酲解愠,试续南部诸贤绪余,作五、七字语,期以自娱。"虽是"花间"艳科旧习,但一往而情深。如《鹧鸪天》"小令尊前见玉箫"、"彩袖殷勤捧玉钟"等,文采华丽,意象密集,于平易的语言之中将感情抒发得淋漓尽致,可谓是熔花间词、南唐词于一炉的佳作。

跟晏氏父子、张先差不多同一时代,且词风相近的还有欧阳修。他的词集《欧阳文忠公近体乐府》中所收的作品,绝大多数都保持着五代以来的词风,很少有突破。他有一部分词,用语活泼,抒情直率大胆,民间俚词味道甚浓。还有少量的词,把个人的身世感慨写入词中,对当时狭隘的词坛风气有所突破。但是,总体上讲,欧阳修是在沿袭五代的词风,加上他多年身居要职,领袖文坛,诗、文、词兼擅。词对他而言,不过是"诗余",成就和影响远不如其诗、其文,跟同时诸人相比,也未显示出独特个性,这里就不再展开了。

欧阳修

总的说来，晏氏父子和张先、欧阳修的词是北宋词风转变上的关键一环，体制上以小令或近于小令的中调为主，都没有脱离晚唐五代的格局，但在男女恋情相思题材之外，还将感时伤别、山水恬逸等文人情怀作了很好的演绎，继承了李煜借词抒怀的路径，为词摆脱"艳科"、"诗余"的局限，起了积极的作用。语言也更趋于典雅精巧、清丽流畅，为稍晚的大晟词人的精工锤炼作了很好的铺垫。

与上面所讲几位词人相比，柳永明显不同。柳永落拓一生，混迹于歌儿舞女之间，身为士子，却屡试不第，只得寄迹市井，放浪形骸，因此有了更多接近市民文化的机会，为他的词作注入了新鲜的血液，不同于晏氏父子和欧阳修，在词的体制、内容、风格诸方面袭用当时市井新声，使其词得以打破晚唐五代乃至北宋以来的格局，受到市井阶层的普遍欢迎，以至于"凡有井水饮处即能歌柳词"（《避暑录话》）。

柳永词在体制上的突破，主要表现在两个方面。一是大量采用新曲调，二是为这些新曲填写了许多长调慢词。在现存《乐章集》中，共有一百三十个词调，除《清平乐》、《西江月》等十余调外，绝大多数都是当时流行的新曲调，其中有些是在令词的基础上加以延伸拓展而成，如《木兰花慢》、《定风波慢》、《浪淘沙慢》等，有些极可能出自柳永自己的创制，如《秋蕊香引》等。柳永的这些词，打破了以小令为主的词坛传统，丰富了词的曲调，扩大了词的容量，使之更富于变化，给词坛带来了新的气象。

在内容方面，柳词也有拓展。他沿袭传统题材写男女恋情、歌情舞态，但能置身其中，坦率真挚，颇有民间气息，不像文士们那么忸怩作态。他还有一些描绘都市繁华的词，如写成都的《一寸金》，写汴京的《破阵乐》、《透碧宵》、《倾杯乐》，写苏州的《木兰花慢》、《瑞鹧鸪》，特别是那首写杭州城市景象和西湖风光的《望海潮》，最为著名，据说金主读了此词，竟萌生了入侵南宋的想法，不免有些夸张，也借此可以看出这首词受欢迎的程度。这类题材，是前人从未触及的，其开拓之功，不可谓不伟。柳永词的另一个重要题材，是抒发旅人的痛苦与愁怀。这确实是疏狂放浪之士深掩内心之中情感的写照，挚与痴的体验也最为贴切。人生的失意、羁旅愁绪、行役之思，往往于山村水驿、川林溪石、夕阳风雨中传达出凄苦悲凉的心境。著名的如《八声甘州》、《雨霖铃》等。

在艺术技巧方面，柳永最重要的贡献是以赋笔写词，层次丰富、变化多端，融抒情、叙事、说理、写景于一体，为后人开拓了新路。语言风格上，善于化用前人语汇、意象，催发联想，又时引口语俚句入词，浑然天成，很有雅俗共赏的妙趣。当然，柳永词与前面介绍的晏殊等人的词相比，语言的锤炼典雅略有不如，而且所表达的情感也有些市井气，是有雅俗之别的。对于柳永在词史上的地位，各人有各人的看法。我们化繁为简，可以这么说：一旦词作者有选择性地借鉴柳永的好处，按照严格的词律，去表达有闲阶层的意绪情怀的时候，便成就了大晟词人；一旦苏轼借鉴柳永的好处，去表达其旷达的情怀，却不受词律的限制时，便有了独具特色的东坡乐府。

第四节　以文为诗

从前面的介绍可知，五代时期诗词合流，是诗向词靠拢，诗入词品。这样的风气，从诗的角度看，在大概念上是由"言志"入了"缘情"，不妨称之为堕落；从词的角度看，却是从"绮靡"入了"缘情"，是走了向上的路。宋初文人基本上是沿着这条路线往下走的。柳永引市井新声入词，另开长调慢词之途，实质上是把当时的俗词初步引入到文人的视野，虽然晏殊等一些身处要路津的士人，在词中不愿道"针线闲拈伴伊坐"，但词脱俗却是大势所趋，只是晏殊们作诗再也不可能软媚香艳如晚唐韩偓之辈，所以"宋调"一开始弹奏，就已经是诗词有别了：为了与当时政治上大一统的王朝思想需求相适应，儒学复兴运动在新朝如火如荼开展了起来，先驱人物如柳开、石介、穆修等人以复兴天下儒学为己任，作诗为文，以为越朴质越不至害了他们视为珍宝的"道"，喜用古朴生僻字句，作枯燥乏味说教，这种置"道"于诗的做法，影响文坛既深且广，给宋人"以文为诗"打下基础，刺激"言志"传统勃然兴起于当时的诗坛，而"缘情"的传统，则体现在被视为"诗余"的词坛，诗词就此分野。

跟中唐时一样，儒术借散文传播是要途，用诗来明道或者载道，已有文饰之嫌，所以，"以文为诗"的大盛，是欧阳修、梅尧臣、范仲淹等人步入庙堂时的事。身为儒臣，又以文学、学术领袖文坛，便掀起了一场轰轰烈烈的诗文革新运动。与欧阳修相比，范仲淹更倾向于事功，不如欧阳修留意文学，所以总体上文学成就不如后者，但那首咏边塞的《渔家傲》，以小词承载边臣胸怀，苍茫廓大，堪称千古绝唱。继范仲淹之后，博学多才的欧阳修入主文坛，一方面凭着诗文创作和学术著述的成就卓著，成为文坛领袖，另一方面大力团结同道，汲引后进：当时文坛的著名人物，如尹洙、梅尧臣、苏舜钦等，都是其密友；苏洵、王安石都受到他的引荐；苏轼、苏辙、曾巩则是他一手识拔的后起之秀。

在对待文道关系方面，欧阳修走出了石介等人的偏执，弃去重道轻文，或者文以害道的思想，而是将儒家"古道"与现实生活密切地关联起来，给了"古文"以现实的土壤，给了"古文"一路新变一个因势利导承载"古道"的名义，从而将"文"、"道"视为随时而变的两个并列的因素，于是他便提出"文"、"道"并重、"文"、"道"相辅相成的主张，而在这背后，其实是给了"文"一个"道"外别传的理由和空间，进而，就可以说道有"道统"，文有"文统"了。所以，与柳开等人主要着眼于承袭韩愈的道统不同，欧阳修主要是继承韩愈的文学传统，考虑到"文"、"道"随代而变，因此纵然以韩、柳古文为典范，也绝不盲从："孟、韩文虽高，不必似之也，取其自然耳。"（见曾巩《与王介甫第一书》）"自然"而然，精髓正在不固守、不偏执，而在转益多师。

由于博采众长，欧阳修在作理论阐发时，能抓住关键，为诗文革新确立正确指导思想；由于博采众长，欧阳修通过自己的创作实践为文士们提供了良好的创作示范，在古文、诗歌、辞赋、小词等体裁中，都取得了一定的成绩。就文而言，欧阳修的散文内容充实，形式多样，文风简洁流畅，文气纡徐委婉，成就了一种平易自然的风格，在韩文的雄肆、柳文的峻切之外，别开生面，自成一家。其议论文字，或直接关乎当时的政治斗争，如早年的《与高司谏书》，是非分明，义正辞严，充满政治激情；或对历史、人生作深刻思考，言之成理，入木三分，如《五代史》中的一些序论，总结五代纷争的历史教训，作鲜明的褒贬；或为友人文集作序，评业绩，抒感慨，涉笔入妙，因人而异，尽显友谊、个性、才华，自然感动人心。其记景叙事一类文字，往往细腻逼真，栩栩如生，哀乐由衷，情文并至，十分感人。不仅如此，作为一位精于史笔的作家，在所撰的《五代史记》中，叙事严谨简洁，文笔老辣劲健，章法结构井然，褒贬隐于平实叙述之中，抑扬藏于顿挫笔势之内，颇见《春秋》笔法。古文之外，他又擅长辞赋和四六。由于诸体皆通，所以在纵笔骋情时，往往诸体兼容，彼此借鉴，在融通前代骈赋、律赋的基础上，或因情生文，偶尔借散体为赋，便创为"文赋"。著名代表作如《秋声赋》。此赋既保留骈赋、律赋的铺陈排比、骈词俪句、设为问答的形式特征，又能以散体勾勒，使之呈活泼流动之势，赋中平添抒情意味。这种风格，在欧阳修的四六文中也有体现，如《上随州钱相公启》、《蔡州乞致仕第二表》等，虽是用四六体写的公牍文书，却于整饬骈俪之中，参用散体单行的古文，给这种文体注入新的活力。总而言之，以文为赋，以赋为文，既各尽其妙，又备具新象，时人称之为："文备众体，变化开合，因物命意，各极其工。"确非虚誉。

就诗而言，欧阳修的建树也不可小觑。首先，他提出了"诗穷而后工"的理论，主张诗歌不当如"西昆"作无病呻吟，而应有丰富充实的生活内容。其次，在创作实践上，往往运用散文手法为诗,抒情言志之外,喜发议论,即"以文为诗"、"以议论为诗"。好在其人性缓,诗风以自然平易见长,虽然时不时于诗中议论,却总能畅尽曲折,殊无枯燥艰涩之感,既富诗韵诗味,又透出古文别样的生动妙趣。至于欧阳修的词,前面略作介绍,这里不再重复了。

跟欧阳修声气相通者,还有梅尧臣。梅氏既被欧阳修援引为同道,二人自然有相似之处,那就是诗风上对"平淡"的追求。梅氏作诗,非常关心时政。一是每每涉及朝中政治大事,二是用诗歌反映民生疾苦,描写贫民惨状。这类诗作,都能秉笔直书,感情愤激,很好地继承了杜甫、白居易的传统,颇有韩愈"不平则鸣"的味道,与"平淡"二字,却有相当的距离,所以他说:"作诗无古今,唯造平淡难。"(《读邵不疑学士诗卷杜挺之忽来因出示之且伏高致辄书时之语以奉呈》)他这里的"平淡",主要是指炉火纯青的艺术境界,超越雕润绮丽的老成风格。由于诗中情感外露彰显,"平淡"谈何容易,直到老年始稍造其境。欧阳修在他死后,说他:"初喜为清丽、闲肆、平淡,久则涵演深远,间亦琢刻以出怪巧,然气完力馀,益老以劲。"(《梅圣俞墓志铭》)这个概括是相当准确的。不过,今人分析梅氏诗歌,最看重的,是他于诗歌题材上有所拓展,将大量前人不入诗的题材入诗,如《食荠》、《师厚云虱古未有诗邀予赋之》等,翻新出奇,独树一帜,虽然不免过度之嫌,却有利于诗歌题材的拓展,为"宋调"有别于"唐音",起了一定的推动作用。只是,梅氏专力作诗,至今有诗

梅尧臣
——清道光间刻本《吴郡名贤图传赞》

第六章
北宋前期文学

两千八百多首,但不涉及词、散文、赋、骈文,其他文字更罕见载籍。专精一业,难免狭窄,因此在文学史上的地位,也不能与欧阳修、王安石、苏轼等人相比了。

与梅、欧同时创新诗风者,还有苏舜钦。苏氏性格豪迈,诗风豪放雄肆。早年慷慨有大志,诗风痛快淋漓,抒情强烈,颇有大丈夫胸怀。仕宦沉浮之际,心中愤懑,仍不掩抑,很能见其人之刚毅个性。诗景多雄奇阔大,即使是长篇古诗,也是直率自然,意境开阔,尽显其人之开阔胸怀和豪迈性格。

对于欧、梅、苏三人在诗坛上所发挥的作用,后人喜欢这么评价:他们用各自不同的方法,演绎着对文学不同的理解——欧阳修的贡献在诗歌风格上,梅尧臣的贡献在题材内容上,苏舜钦的贡献在气势间架上;三者从不同的角度为成熟的"宋调"作铺垫,为稍后的王安石、苏轼等人铺平了道路。这样的评价是比较准确的。

苏舜钦
——清道光间刻本《吴郡名贤图传赞》

唐宋文脉
TANG SONG WEN MAI

第七章 北宋后期文学

第一节 概　要

经过北宋前期文人的不断努力，"宋调"已初具规模，诗、文、词都取得了不小的成就，恰似春树乍临风，嫩绿已敷枝，给人耳目一新之感，但是，离夏木荫荫却还有一段距离。直到北宋后期，"宋调"方可谓趋于完美，奏出了最美妙的乐章。

"宋调"的成熟，原因是多方面的，农业和工商业的进步、城市经济的繁荣、交通运输的发达、市民文化的兴盛等，都可以说是最基本的要素。从政治上讲，北宋后期，军事上与辽、西夏基本保持平衡状态，战事纷争较少，也有利于文化的繁荣。这里还想特别提一提的是，北宋政坛上党争激烈，到北宋后期不断恶化，党争演化为党祸：不同党徒，以政见为由头，作意气之争，彼此倾轧，达到了水火不能相容的地步，一派上台，便对另一派痛下杀手，作无情的打击，朝中大臣被贬谪流放，几乎成了家常便饭。粗略一数，有以王安石为首的新党，以司马光为首的旧党，以及以程颐、程颢兄弟为首的洛党，以苏轼为首的蜀党，以刘挚、刘安世为首的朔党等等。党争

司马光
——明弘治十一年(1498年)明宗室天然重刻本《历代古人像赞》

的兴起，是北宋中央政权高度集权的结果，但同时也应该看到，各党各派相互争辩，目的都是为了挤进权力的核心，为了实现其政治抱负，用心可谓良苦，而皇帝借一派势力打击另一派势力的做法，虽然有利于将权力牢牢地掌控在自己手里，却因不同党派彼此不能相容而造成巨大的人力资源的浪费，理所当然地就会削弱国家的实力，在迅速崛起南侵的女真势力面前，一个内耗很大的朝廷只能是疲于应付，难有作为，最后竟使君王受辱北迁，还失去了中原锦绣江山，幸赖康王南渡，偏隅江南，才算以南宋延续了北宋的龙脉。空谈误国，确非虚语。

党争及党祸，对卷入其中的人而言，无疑会带来巨大的痛苦，但也应该看到，党争对文学的繁荣、对"宋调"特性的成熟，也起了一定的作用。因为党争，宋人好作哲理探索，对人生、社会、宇宙作系统思考，企图找到人在宇宙中的位置，从而为其行为、情感、文字奠定了理性的色彩，而且，有些文字直接就是党争的产物，没有党争就不会去那么想，那么写，如欧阳修的《朋党论》，因此，党争对刺激宋代散文走向高峰，是有一定作用的。因为党争，加大了仕途的不确定性，使文人的情感波幅增大，有利于诗情的勃发，所谓国家不幸诗家幸，在贬谪流亡的过程中，文士们见识增多，感慨遂深，一部分人为文"穷而后工"，另一部分诗人因为厌倦政治纷争转而钟情诗艺，如"江西诗派"的专注诗学，而且，有些诗歌干脆就是党争的产物，如苏轼的诗案，因此，党争为宋诗的繁荣奠定了基础。因为党争，约束词人写词时敢发于情却不敢不止乎礼，为词品、词格的提升也埋下了伏笔，使宋词趋于"雅"、趋于"清空"。现在研究宋代文学的学者，多会关注到党争与文人集团、与文学特性的关系，恐怕就有这方面的原因。

第二节 古文的再盛

前面曾介绍过,北宋诗坛"言志"传统的复归、词的雅化,都与当时儒学复兴相关,其实,与儒学复兴关系最密切的,是古文的再盛:跟中唐韩愈、柳宗元一样,当时主张复兴儒学的,都是借用先秦散文的形式来传播他们的思想的。这就在客观上直接刺激了古文的再次兴盛,并涌现出一大批卓有成就的作家,除前面介绍的欧阳修之外,还有苏洵、苏轼、苏辙、王安石、曾巩等人。后人将之与唐代的韩愈、柳宗元并列,称为"唐宋八大家",明人茅坤还专门汇辑这八位古文大家的作品成《唐宋八大家文钞》,作为范本,示人以古文法门。八位古文大家当中,唐代韩愈、宋代苏轼为文纯以气胜,最受今人欢迎;柳宗元、欧阳修、王安石因有政治追求,为文很难真正洒脱自然,喜欢的人便少一些;曾巩、苏洵、苏辙或因气质原因或因社会地位,格局不够阔大,文字难免局促,虽然各有特色,在八大家中只能排在第三层次了。我们前面曾简略介绍了欧阳修,苏轼将在后面作具体介绍,这里先简要介绍一下曾巩、苏洵、苏辙和王安石。

曾巩。曾巩是欧阳修的得意门生,为文深受其

曾 巩
[清]上官周 作
——乾隆八年(1743年)刻本
《晚笑堂画传》

师影响,但是,由于思想比较正统,为文严守文法规程,多政论文字,风格醇正厚重,很少放胆纵笔,文学色彩便很淡薄,文章个性更显不足,虽然有欧阳修奖掖,当时文名甚重,但在"唐宋八大家"中,影响却不如他人,在后世也就不太受重视了。

苏洵。苏洵是苏轼、苏辙之父,在"三苏"中人称"老苏"。擅长于史论、政论,文章风格带有很明显的纵横家气息,文笔老练简洁,其中《六国论》、《权书》至今有名。另有《辨奸论》一篇,相传是为王安石而作,文中称大奸之人一般不显奸形,很难辨识,对国家的危害也最大,必须除去。后人或疑为伪托之作。

苏辙。仁宗嘉祐二年,欧阳修主持进士试,苏洵携子苏轼、苏辙进京应试,兄弟二人一举及第,并深得皇帝喜爱,西蜀文章因苏门父子而扬名京师,后人便合称他们为"三苏"。"三苏"当中,文学成就最大的,是被称为"大苏"的苏轼。苏辙为人谨慎,不似苏轼个性外露,很少得罪政敌,因此仕途比较顺利。受其气性影响,文章以平易冲淡见长。对此,苏辙自己也有认识,他称"子瞻之文奇,余文但稳耳"(《栾城遗言》),可谓夫子自道。《栾城集》中,《黄州快哉亭记》为其名篇。

王安石。王安石以政治家自许,却能在文学上颇有见树,可见他确实有过人之处。也许是受经世致用思想的影响,他的文学思想以重道崇经为重点,虽然不排斥文学的艺术性,但更重视文学的实际功用。他的散文大多直接服务于政治,论点鲜明,逻辑严密,有很强的说服力。例如《上仁宗皇帝言事书》、《本朝百年无事札子》、《答司马谏议书》等。

苏 洵
[清]上官周 作
——乾隆八年(1743年)刻本
《晚笑堂画传》

苏 辙
[清]上官周 作
——乾隆八年(1743年)刻本
《晚笑堂画传》

他的学术论文,如《周礼义序》《诗义序》等,都为配合新法推行新学而作,政治功用的目的十分明显。他的一些短文,直陈己见,不枝不蔓,简洁峻切,短小精悍,语约义丰,具有高度的概括力,个性十分鲜明。清人刘熙载称他的作品"瘦硬通神"(《艺概》)。

王安石的诗,跟他的文章一样,实际功用的倾向也很浓,内容十分丰富,结穴处总是一个政治家的个人的情怀。当然,这种情怀也有"达"与"穷"的不同,也是进退殊途的。我们常常讲,王安石在朝时的作品,与他退居江宁时的作品,有很大的不同,事实上,这种不同,只不过是"穷"与"达"的不同,其精神实质基本上是一样的:纵然是他退出政治舞台后的感悟,也是身居要职后的感悟,没有那种经历的人是无论如何写不出的。最有代表性的是写景抒情的绝句,心境的渐趋平淡,诗风的渐趋含蓄,人生的、社会的、生活的哲理,熔炼于那精警短小的二十个字或二十八个字中,精绝得让人叹服。黄庭坚说是"荆公暮年作小诗,雅丽精绝,脱去流俗"(见胡仔《苕溪渔隐丛话》前集),叶梦得说是"王荆公晚年诗律尤精严,选语用字,间不容发"(《石林诗话》卷上),甚至有人称之为"王荆公体",这样的评价,是看出了王安石这些作品与山水诗、与田园诗异趣后才下的结论。这正是"宋调"独特价值的表现之一:在唐人之后,将唐代文风进行熔炼、深化,开辟出一个新的境界来。我们今天可以公允地讲,建构"宋调"的功臣,就散文言,首推欧阳修;就诗歌言,首推王安石;就词而言,首推柳永,集三人之所长大加发挥而自成一家者,唯有苏轼,我们在后面再作专门介绍。

这个时期还有一些有一定影响的文人,受上述诸

王安石
[清]上官周 作
——乾隆八年(1743年)刻本
《晚笑堂画传》

人包括苏轼的影响，写作古文也取得了一定的成绩，但在北宋后期大家林立、群星璀璨之际，就难免显得黯淡了。尽管如此，我们还是要说，北宋的古文运动，杰出的大家、参加的人数，都比唐代要多，创作的质量在整体上也比唐代要高，产生的社会影响以及对后世的影响，都比唐代更大。如果说唐诗是古代文学在诗歌领域之巅的话，那么，宋代的散文可以说是可与先秦散文并驾齐驱的双峰，虽然在哲思的深度、语言的精要等方面，宋代散文可能不如先秦诸子散文那样给人留下深刻印象，但是，宋代散文在体裁、题材、手法、技巧上，都是对先秦散文最好的继承和发扬，而且，用今人的眼光来看，先秦散文因为受载体的约束和限制（纸、笔、传播方式等），除《庄子》之外，绝大多数言辞简约，理多而趣少，往往以哲理散文最为精妙。到宋代散文大盛的时候，正是宋学兴起的时候，哲学思想有了新的开拓，物质载体和技术有了很大的改进，纸、墨、活字印刷等广泛应用，文人创作更加自由，因此，宋代散文有理有趣，行文更加从容不迫，文学性有了明显的增强。而宋代之后，不管是明代归有光、唐顺之、茅坤再树古文大旗，还是清代桐城派兴复古文，都不如宋代有一个儒学复兴的大背景，文学性虽然得以进一步突出，但哲思的深沉，显然不如宋人。从这个角度来看，我们可以说，宋代散文正是"文"、"道"两个系统交汇处产生的高峰，在它前面，难免重"道"而轻"文"，在它后面，又重"文"而轻"道"了。用这样的态度来看待宋代散文，可能会比较公允吧。

第三节　伟大的苏轼

在唐代，我们称"诗圣"杜甫是伟大的，在宋代，我们要称苏轼是伟大的。唐代文学的代表性文体是唐诗，杜甫的伟大，在于他的诗歌全面代表了唐

诗的水平。宋代是古代文化全面成熟的时期，苏轼的伟大，在于他身上全面体现了宋代文化的水平。也许，他在诗歌上的成就不如杜甫，但他在古文、诗、词、书、画、哲学思想、理论素养等各个方面，都有出众的表现，即使在宋代之后，或许有文人在某个方面超越了苏轼，但在所有的领域超过他的，则可以说肯定是没有的，从这个角度看，苏轼不仅代表着宋代文化的高峰，也代表着整个古代文化的高峰，苏轼的伟大，也许比杜甫更甚。

身为学识渊博之士，苏轼的思想很复杂，儒、释、道三家都对他有很深的影响，而他又能很好地融三者于一身，为我所用。苏辙在《亡兄子瞻端明墓志铭》中说："初好贾谊、陆贽书，论古今治乱，不为空言。既而读《庄子》，喟然叹息曰：'吾昔有见于中，口未能言。今见《庄子》，得吾心矣！'……后读释氏书，深悟实相，参之孔、老，博辩无碍，浩然不见其涯也。"粗略分析，大致上儒家经世济民的政治理想，在苏轼的前期占有主导地位：二十二岁中进士，二十六岁再中制科，年轻气盛，有着强烈的用世之志，勇于进言，先后在杭州、密州、徐州、湖州等地任地方官，在职时勤于政事，尽力为地方上多做实事，灭蝗救灾，抗洪筑堤，政绩卓著。王安石变法时，他对新法中的一些弊端表示反对，见诸诗文，并因此招致祸患，即被后人称为"乌台诗案"的文字狱。在被贬黄州之后，政治上的严重打击虽然没有使他的精神垮下去，却使他的思想发生了巨大的变化。在黄州期间，庄子那种同于大化、佛教那种随缘任运的思想占据了主导地位：他个性当中本来就有旷达任性的一面，与佛道思想有着某种契合。因此，在黄州及其以后的岁月里，他文学创作的风格发生了很大的转变。前期那种铺张扬厉、色彩斑斓、气势雄劲的文风，被清旷闲逸、平易朴素、自然天成的文风所代替。

先说古文。作为继承欧阳修之后的文坛盟主，在苏轼的手上，北宋古文运动被推上了高潮。由于思想上驰骋无碍，所以行文时总能纵横捭阖，他曾自谓："吾文如万斛泉源，不择地皆可出，在平地滔滔汩汩，虽一日千里无难。及其与山石曲折，随物赋形，而不可知也。所可知者，常行于所当行，常止于不可不止。"（《自评文》）这段话，正是他对创作自由的很好描述。在他笔下，几乎没有不能表现的物态或情思，风格也总是随着表现对象的不同而变化，如行云流水一般，虽然气势雄放，语言又极平易，处处是大家风范，处处不着痕迹。

苏轼是个能洞察至理的人，一些社会现象，经他一分析，便将蒙在表面的尘沙拂去，露出事物的本来面目。他的史论如《留侯论》谓圯上老人是秦时的隐君子，折辱张良是为了培育其坚忍之性；《平王论》批评周平王避寇迁都为失策之举，都称得上见解新颖而深刻，富有启发性。他的杂说、书札、序跋一类文字，也总是能翻新出奇，夹叙夹议，兼带抒情，笔势收纵自如，尽显大家风范。如《文与可画筼筜谷偃竹记》，一方面记述文与可画竹的情形，另一方面充满感情地回忆自己与文与可亲密无间的交往，以及文与可死后自己的悲慨，还从其创作经验中总结出"胸有成竹"这样的艺术创作规律。全篇叙事、议论、抒情紧密结合，读来饶有韵味。再如《石钟山记》，也是一篇叙事、抒情、议论水乳交融的精品。在"辞达而已"的标准下，苏轼为文，当行便行，当止即止，很少芜词累句，这在他的笔记小品中表现得最为突出，如《记承天寺夜游》，全文仅八十余字，但意境超然，韵味隽永，堪称宋代小品文中的妙品。

苏轼的辞赋和四六也有很高的成就。他继承了欧阳修以来的"文赋"传统，却更有出蓝之势。如他的《赤壁赋》和《后赤壁赋》，就是宋人文赋中的名篇。其中写景一段，以简洁的文字状幽美、澄澈的景象，与轻松愉悦的心情相呼应，共同构成开阔明朗的艺术境界，而那渺茫、虚幻的感觉，又为后面感悟人生哲理作铺垫，体现了作者高超的文字表达能力和技巧。他的四六文，虽然严格按规矩遣词造句，骈四俪六，却能娓娓道来，舒卷自如，绝无为文害意的生硬感觉，这里就不再举例了。

苏轼的诗，虽说不能跟黄庭

苏 轼
[清] 上官周 作
——乾隆八年(1743年)
刻本《晚笑堂画传》

坚所创的"江西诗派"那样，被视为"宋调"的典型，但他发展了唐人的诗学思想，也有独到之处。按照宋初诗分三派来看，苏轼可能受"白体"的影响较深：一是在题材上，比较重视民生疾苦，这与他作为士子的济世情怀相表里，有延续白居易"新乐府"的味道。他曾在多个州郡做地方官，耳闻目见民间疾苦，往往成为他的诗料，特别是在王安石变法期间，因为对新法的不满，便借着民生疾苦来加以抵制。这种关心民瘼的创作态度，直到晚年都没有完全消退。如晚年所作的《荔枝叹》，对比唐代的进贡荔枝和宋代的贡茶献花，对穷奢极欲予以尖锐的讥刺。二是在思想上，特别能从平常物态中发现至理。这与他丰富的生活阅历、精深的哲学思考、敏锐的洞察力都有一定的关系。如《题西林壁》，平淡无奇的自然现象，被他上升到哲理的层面去进行思考，在渗入人生思索之后，呈现出全新的面貌。这样从自然现象升华出来的哲理，既优美动人，又饶有趣味，是名副其实的理趣诗。其他如《泗州僧伽塔》、《饮湖上初晴后雨》等皆是。三是在艺术技巧上，达到了得心应手的境界。似乎一切法门都在他的掌握之中，又全不为某种具体法门所限。清人赵翼评苏诗时说："天生健笔一枝，爽如哀梨，快如并剪，有必达之隐，无难显之情，此所以继李、杜后为一大家也。"(《瓯北诗话》)可谓得其诗心。

　　苏轼的词，在创作上取得了非凡的成就，在词史上具有特殊的地位。苏轼对词的贡献，我们可以从两个方面来看，一是他从柳永手上接过长调慢词，使之"脱俗"，成为文人词的常见体裁。二是他对文人词进行改造，以诗为词，直抒胸臆，情感充沛，指出向上一路，最终突破了词为"艳科"的传统格局，提高了词的文学地位，在词史上开创了一个新的发展方向，让豪放词大放异彩。虽然在苏轼现存的三百多首词中，大多数仍是传统的婉约柔美之作，但他的豪放词却差不多篇篇精彩,给后人留下了深刻的印象。在《与鲜于子骏书》中,苏轼说:"近却颇作小词,虽无柳七郎风味,亦自是一家……颇为壮观也。"将自己"壮观"的词称为"自是一家",其人自信可见一斑。在苏轼的心里,也许根本就没有诗尊词卑的观念,而是诗词同源,虽然外在形式上有差别,但艺术本质与表现功能却是一致的,因此,他敢于突破褊狭的词境,自觉地进行开拓。他所谓的"自是一家",就是追求壮美的风格和阔大的意境。率真的性情与阔大的境象相结合,形成了他清新流畅的豪放词风。他填词往往跟写诗为文一样,把铺陈、叙事、抒情、议论结合起来,俨然便是散文的气势与诗的笔法。为了充分表达词情,他还较多地运用词前小序,交代即将展开的词情,韵散结合,相互补充。可以说,"以诗为词"、"以文为词",是苏轼变革词风的利器,而他也以过人的才气,打通了这几种文体间的隔阂,使之相互借鉴,既各尽其妙,又锦上添花。如《念奴娇·赤壁怀古》一首,把对自然山水的观照与对历史、人生的反思结合起来,在雄奇壮阔的自然美中熔铸深沉的历史、人生感慨。再如他的名作《水调歌头》"明月几时有",本是一首怀念兄弟苏辙的作品,但词情却跳出离别思念、凄迷哀怨的老调,以明月寄情,写得清旷豁达,特别是结尾,振起高音,展示出奔放豪迈、襟怀磊落的新风。所以说,苏词如苏诗,丰沛的激情、丰富的想象、多彩而自如的语言三者交织,共同铸就了其特殊的风范。宋人胡寅在《酒边集序》中,称道苏词:"一洗绮罗香泽之态,摆脱绸缪宛转之度,使人登高望远,举首而歌,而逸怀浩气,超然乎尘垢之外。"用这样的话来概括苏词之美学风范,是十分精确的。当然,苏轼这种"以诗为词"的做法,突破了音乐对词体的制约和束缚,虽突出了词的抒情性,但在一定程度上牺牲了词的音乐性,因此在当时也有人提出异议,他的学生陈师道、稍后的女词人李清照等,都指出过这一点。陈师道在《后山诗话》中说他的词是"教坊雷大使"的舞蹈,虽然极天下之工巧,却非"本色"。而主张"词别是一家"的李清照,更直接地说他的那些作品不是词,而是"诗"。但无论如何,在两宋词风转变的过程中,苏轼无疑是一位关键人物。王灼在《碧鸡漫志》卷二说:"东坡先生非心醉于音律者,偶尔作歌,指出向上一路,新天下耳目,弄笔者始知自振。"苏轼的词,以其抒情的自如开阖,与大晟词人的格律精严相呼应,共同将词拉出了"艳科"的泥潭,一为别调,一为本色,为后代词人开启了新途：大晟词人为南宋姜夔、张炎等骚雅派开启了新途，苏词则为后来的南渡词人群、南宋的辛派词人作了很好的示范。

第四节 苏门文士与江西诗派

宋代的诗文革新运动，在苏轼的手上达到高潮，在他之后，便难以为继了。但是，这并不意味着他所影响的文士在文学史上全无踪迹可寻，苏门中人能文且杰出者，有"四学士"和"六君子"之称。由于苏轼对其追随者的要求，不是模仿自己，而是发挥各人所长，充分体现创作个性，因此，气性不同的苏门中人，在不同的文学领域里各自开辟新途。黄庭坚、陈师道致力于诗歌创作，精炼格律，作诗瘦劲峭拔，不似苏轼的平易舒徐，最终开创了宋代影响最大的江西诗派；秦观、贺铸则在词场逞才，词艺高超且别具风格，不拘泥于苏轼豪放路数，而严守词之本色，专主情致，为北宋末期周邦彦等"大晟词人"的熔炼精工、严守词律奠定了基础，成为词学发展史上不可或缺的一环。下面分别作简要介绍。

黄庭坚。是苏门中诗艺最精者，与秦观、张耒、晁补之并称"苏门四学士"。黄庭坚精于佛理，专志于诗，存心回避党争的现实生活，勇于在诗法上作探索，在艺术形式的创新上开辟了一条新路。因此，他努力在诗法翻新出奇上向杜甫、韩愈等前辈学习，在以文为诗的路上继续向前迈进。以黄庭坚为旗帜，在北宋后期逐渐形成一个松散而庞大的诗派：江西诗派。这一派中的诗人，并不都是江西人，只因黄庭坚在这派诗人里影响特别大，所以有此称呼。

黄庭坚的诗学主张以独创为根本，以形式完美为目的。他说："诗词高胜，

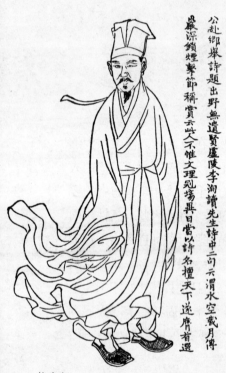

黄庭坚
[清] 上官周 作
——乾隆八年(1743年)刻本《晚笑堂画传》

要从学问中来。"(见《苕溪渔隐丛话前集》)又说:"老杜作诗,退之作文,无一字无来处;盖后人读书少,故谓韩杜自作此语耳。古之能为文章者,真能陶冶万物,虽取古人之陈言入于翰墨,如灵丹一粒,点铁成金也。"(《答洪驹父书》)也就是说,要在前人的基础上,进行再创造以趋完美。他称这种方法为"夺胎换骨"的方法。这种创造性地运用书本材料的手法,实际上是杜甫、韩愈等人的法门,力求在材料的运用上变化出奇,避免生吞活剥,与一般的模拟剽窃大不相同。为了达到新奇的艺术效果,黄庭坚对材料的选择力避熟滥,喜欢在佛经、语录、小说等杂书里寻觅冷僻的典故、稀见的字面,还有意造拗句、押险韵、作硬语,力求从用字、琢句以至命意、布局等方面,变尽建安以来诗人熟习的道路,其求新、求奇的艺术追求是十分明显的。

当然,黄庭坚并不是每篇都追求瘦硬出奇。他也有一些抒发真情实感的作品,风格相当清新流畅。如《雨中登岳阳楼望君山》之一,用明丽之景,表现放逐之臣得返中原的喜悦,虽然造境奇、用语新,却清新而不晦涩,既不失"江西"的新奇,又颇有流转之美。前人论宋诗,每每"苏黄"并称,将苏轼与黄庭坚并举。其实,苏诗气象阔大,如长江大河,潮起涛涌,自成奇观;黄诗气象森严,如危峰千尺,使人望而生畏,在艺术上境界各自不同。虽然黄庭坚在生新瘦硬上有其独到之处,还开创了中国古代最大的诗派,但总体艺术成就却未必胜过

第七章 北宋后期文学

苏轼。

陈师道。陈师道早年曾从曾巩受业,后来又得苏轼赏识,在诗歌创作上又受黄庭坚的影响,可以说是个遍访名师且转益多师的人,但因为过分执著于诗法技巧,忽视了诗歌内容上的阔大,在清贫中苦吟,境界不免狭窄,成就终归有限。据说他每次登临得句,就马上返回家中,闭门苦吟,家里人知道他要写诗,连猫犬都赶走。他的诗锤炼幽深,在运思上受禅学的影响,追求"不犯正位,切忌死语",跟黄庭坚的言论相表里,少数诗切近生活,因为诗艺锤炼精工,有血有肉,在读者中颇具反响,著名的有《别三子》《送内》《寄外舅郭大夫》等,在精神实质上同杜甫《鄜州》《羌村》等诗相接近。

黄庭坚、陈师道所开创的那种特定的诗学风格,在当时曾引起广泛的效法。金人灭亡北宋,一批由北而南的诗人,又将这种风气带到了南宋诗坛。南宋初期,吕本中作《江西诗社宗派图》,首列黄庭坚、陈师道、陈与义三人,下面是韩驹、潘大临等二十多人,"江西诗派"的名称从此确立。宋末,方回著《瀛奎律髓》,因为"江西派"以学习杜甫相号召,于是再树大旗,在黄庭坚等三人前面,安上杜甫为此派"一祖",而以黄庭坚、陈师道、陈与义为"三宗",用佛教宗派分别的办法,将这个诗派描述得更加完整。其实,这样的举动,正好说明这个诗派只是诗学审美追求相似,并无严密的组织。由于特别讲究诗法,追求形式上的完美,一些生活圈子狭小远离社会纷扰的人,便纷纷以"江西诗派"中人自诩,这一诗派也因此不断膨胀,俨然成了古代诗学史上一个阵容庞大、时间久长、某种程度上讲也是影响最大的诗派,直到晚清的宋诗派,还荡漾着它的余波。

张耒。跟黄庭坚不同,张耒的诗,多从日常生活、自然景物中选题,较多反映现实生活,语言平易浅近,走的是唐诗抒情的路子,但由于个人才性有限,加上受当时以文为诗的影响,作诗往往语尽意了,如有韵的散文,纵然是律诗,也常常给人辞意不称或草率终篇之感,篇章结构显得松散,缺乏凝练的美感。张耒的失败,恰好说明,宋人生于唐人后,不另创新路,便不能超越唐人,而只能是为唐人所掩。另有晁补之,在"四学士"中,成就有限,未能充分表现独立的创作个性,不再作具体说明。

秦观

贺铸

秦观。秦观在苏门中以词出名,出身于一个家道中落的家庭,少时客游汴京、扬州、越州等地,与当地歌妓多有往来,为她们写了不少词,走的是柳永入市井的路子,有理由猜测,他若不是遇到苏轼而一直混迹于市井的话,很难保证不会是另一个柳永。好在苏轼给他提醒,让他不要学柳七(柳永)填词,秦观的词风便渐渐脱离了早期艳冶的特征。入仕之后,虽然也写些男女欢爱的词,但很少将男女之情写实,而是能从真情感发,因此不失品格。如他那首《鹊桥仙》词,写牛郎织女一年一度的月下相会,影射的无非是男女幽会,但能从"两情若是久长时,又岂在朝朝暮暮"的角度去理解相思的苦与甜,显然已经超出了一般所谓的柔情蜜意、耳鬓厮磨的层面,有一种对美好感情不懈追求的理想主义色彩。

因为党争愈演愈烈,最终波及到秦观。贬官之后,秦观的词风又有了新的变化,往往能非常自然地将政治上遇到的挫折、绝望的心情,以男女恋情的形式加以抒发,甚至直抒胸中苦闷之情,风格与李煜相近。如《踏莎行》"雾失楼台"即是如此——浓浓的感伤情调,无可奈何的抱怨,因"为谁流下潇湘去"一问,几乎变得凄厉。这个阶段的秦观词,往往用凄迷的景色、宛转的语调、感伤的情绪,交织出特有的艺术品格。秦观词中这种感伤情调,很容易引起怀才不遇的文士们的共鸣,他被看成是婉约派的代表作家,可能跟这也有一定的关系。秦观的词对后来词家,如周邦彦、李清照等,都有显著的影响。

贺铸。是苏门中善于填词而词品与秦观迥异者,出身贵族,少时意气豪侠,喜谈当世事,不肯为权贵屈节,因此沉沦下僚,郁郁不得志。

晚年退居苏州，以闲适自处。如果说秦观是坚持本色填词，继承了苏轼的韶秀词风的话，贺铸却是横放杰出，颇有爱国之情与豪侠之气，继承了苏轼的豪放词风。不过，由于人生的阅历、思想的深沉，都不能与苏轼相比，因此创作成就也不可能达到苏轼那样的高度，倒是他的一些小词，情思缠绵，词语工丽，十分清新可爱，值得细品。

第五节 词的格律化

在王朝没落的前夜，宋朝的皇位，竟然莫名其妙地传给了艺术气质浓厚而政治才能低微的宋徽宗。徽宗皇帝没有如那班能臣所期望的那样励精图治，而是像大艺术家那样，倾心于艺术创作，不仅书法、绘画成就达到了一般文人难以企及的高度，还因为对音乐有特别的爱好和研究，专设大晟府，任用一批词人审音定乐，按谱填词，对音乐文学的发展起了巨大的促进作用。由于在大晟府中供职的那批精通音律的词人，对词乐、词律、词谱都十分熟悉，加上创作目的十分明确、服务对象十分固定，决定了他们不可能在词的内容上有什么突破，只能在词的形式、格律上趋于严谨。这一批词人当中，影响最大的是周邦彦。

周邦彦。早年曾经有过和柳永类似的生活经历，词风也受到他的影响。置身大晟府后，艳情、羁愁仍是主要题材，但作为御用词人，词句趋于工丽，音律趋于严格，追求章法变化，脱去了柳词俗艳的一面，浪子气息淡去而帮闲意味渐浓，同样的内容，在柳永笔下跟在周邦彦手中，无论是表现手法，还是章法布局都有很大的不同，率真之情不如柳永，而艺术表达方式却较柳词要高明得多：为了使词情更加婉曲，他喜用代词，如用"凉蟾"代月，"凉吹"代风，

"翠葆"代竹等；喜欢用辞赋家的手法来练字琢句，如"梅风地溽，虹雨苔滋"(《过秦楼》)、"稚柳苏晴，故溪歇雨"(《西平乐》)等；喜欢融化前人诗句入词，如"一夕东风，海棠花谢，楼上卷帘看"(《少年游》"荆州作")，化用韩偓《懒起》诗，"凭阑久，黄芦苦竹，拟泛九江船"(《满庭芳》"夏日溧水无想山作")，化用白居易《琵琶行》诗；善于通过回忆、想象、联想等手法，打通时空，回环吞吐，而不是像柳永那样平铺直叙；由于精通音乐，为了更完美地与乐律相配，填词时不仅讲平仄，还严守四声，使词律更加严格；倚声填词，创制词调，如《拜新月慢》、《荔支香近》、《玲珑四犯》等，都是由他创调的。通过这些手法，词情被淘洗得近乎苍白的同时，也被装饰得更加华美，既迎合了皇家的气派，又满足了士子逞才的心态，因此不仅受到当时最高统治者的赏识，在士大夫阶层里也颇受青睐。和周邦彦同在大晟府供职的还有万俟咏、晁端礼等，但在艺术上不如周邦彦富艳精工，这里不再介绍了。

　　大晟词人的这种技巧追求，走的是一条雅化词风的道路。现在词学史上介绍这一段时，往往作简单处理，将苏轼、贺铸等豪放派与秦观、周邦彦等本色派并举，久而久之，给读者的印象似乎这时只有豪放、婉约二派统治着词坛。其实，在当时的市井当中仍有大量的俗词作者活跃着，有大量的俗词存在，无论是豪放还是婉约，都只能涵盖文人词，而不能代表当时的整个词坛。虽然今存的史料比较缺乏，但是从柳永、周邦彦等人创新词调来看，当时的俗词在市井之中是有着广泛的市场的，数量上肯定也是相当可观的，只是由于文学观念上的偏见，这些俗词很少被收进专门的词集当中，只能零星地见诸笔记小说的记载。像王灼的《碧鸡漫志》，就记有不少当时俗词的情况。由于民间艺术的不稳定性，给了俗词与其他说唱艺术相结合的可能，虽然具体的情形现在很难确考，但从说唱艺术的发展脉络来看，仍是有迹可寻的："诸宫调"的出现，便是民间艺人将俗词与当时的市井说唱艺术相嫁接的结果。至于说元代北杂剧的兴起，是否与金灭北宋，宋朝宫廷乐人被俘北行将词乐与北方宫廷音乐相结合有一定关系？则需要进一步考证了。

唐宋文脉
TANG SONG WEN MAI

第八章 南宋前期文学

第一节 概　要

　　北宋末年，党争演变成为党祸，导致政治上的不作为，政坛日趋腐败，王安石冒着巨大的政治风险进行变革，本意在增加国家财力，扭转积贫积弱的国势，但在执行过程中，却造成了财富事实上向少数利益集团集中的现象，社会贫富差距不断加大，贫苦百姓日益增多。在生活没有基本保障的情况下，农民起义风起云涌，方腊、宋江、张万仙、贾进、高托天等人先后率众发难，起义虽然或被镇压或被招安，却极大地损耗了原本羸弱的国力，进一步动摇了统治的基础。

　　与之相反，北方女真贵族建立的金政权却在逐渐强大，割据的范围不断扩大。先是覆灭了契丹族的辽政权，后又侵占北宋王朝统治的广大北方地区。面对强敌，那位艺术气质十足的徽宗皇帝没有作政治或军事上的抗争，而是将皇位传给了儿子。皇位的变动，官员的调整，使本来因为党祸而十分脆弱的官僚体系几乎分崩离析。1126年、1127年，金人趁宋朝人心浮动之际，两次渡过黄河，围困汴京。第一次因李纲等率众抗争，无功而返，第二次则一举灭亡北宋，北归时甚至将皇帝赵桓、太上皇赵佶、后妃、公主、亲王、驸马以及百工、技艺、妇女、倡优等三千余人悉数掳掠而去，史称"靖康之难"。

　　在这次大难中，赵桓之弟康王赵构竟大难不死，利用金人看管不严之隙，渡河南逃，并在南京（今河南商丘）称帝，随即渡江，定杭州为"行在"，守半壁江山，建立南宋王朝。对于赵构而言，这个皇位既来之不易，又十分侥幸，要想保住，靠强大的武力支撑很显然是难度极大的，因为对一个并非"奉天承运"的皇位继承者而言，组织起强大的武装力量也许有可行性，但要统帅一支强大的军队，树立起他在军队的威信，却不是一下子就能做到的，"岳家军"在杀得金人胆寒的同时，也让金銮殿上的皇帝深感尾大不掉的可怖。在这样的背景下，在皇帝的眼中，"讲和"跟武力冲突比起来，显然是利大于弊的。为了走通这条路，宋帝一面向金称藩称臣，一面把淮河以北的锦绣河山、黎民百姓拱手相送，还每年搜刮大量财物作为岁币贡奉，以满足金人的欲壑。

但是，亡国之耻所造成的社会复仇心理，不可能在短时间里得以消解，投降的政策也就不可能立即推出，再说，屈辱的投降政策，虽然可以换得短暂的太平，却极大地损害了广大百姓的利益，其隐忧也是可想而知，正因如此，南宋立国前期，和战之争一直未绝，特别是立国之初，中原一带义军风起云涌，几支南宋的北伐军队奋起反击，战局比较有起色，为稳定南宋局面起了巨大的作用，给百姓看到了恢复中原的曙光，抗战的声音一直很强，爱国文学极度高涨。士子们的爱国激情，突破了江西诗派形式主义文风的樊篱，成了整个文坛的主流。大臣、文士们或用诗，或用词，或用散文，表达军民的爱国之情。这时的爱国文学，与唐朝的边塞诗不同，有着很浓的宣泄情绪的因素。当然，与这种爱国的大潮相映衬的，也有支流别派：一部分文人，由于种种原因，采取了消极的逃避现实的态度，看似高蹈隐逸，寄情山水，实则难掩消极厌世之情，从一个侧面折射出其痛苦的内心。因此，这时的山水诗词，跟唐代的山水田园诗相比，总不免有一种惆怅和无奈的意绪，消解了魏晋以来蒙在山水田园诗上的理想主义色彩,增添了现实的内涵。

第二节 爱国激情的喷发

　　民族矛盾的急遽上升,激发了文士们的爱国热情。"靖康之难"后,到处都是战歌,到处都是呐喊。以陆游、辛弃疾等士人为首,包括曾几、陈与义、范成大、陈亮、张元干、张孝祥、刘过等人,都掩抑不住地为国家的、民族的灾难而呐喊、而呻吟,写下了许多爱国的诗篇、词篇。少女时代以抒写闺情著称的女词人李清照,不以文学著称的政治家李纲、赵鼎、胡铨,以及抗金名将岳飞等人,都留下了十分优秀的爱国诗词作品——在民族危亡的关键时刻,一切爱国激情都会被激发出来。下面略举几位代表性的人物加以说明。

　　曾几。一位极具爱国热忱的士大夫,无时无刻不惦记着国耻国难,这种态度与投降求和派的代表人物秦桧相冲突。秦桧当权时,曾去位闲处。仕途的起伏、宦海的沉浮,未让他有丝毫动摇,在他的作品中,自始至终充溢着强烈的爱国激情。从诗学渊源上讲,曾几受黄庭坚影响甚巨,还向江西诗派中的韩驹、吕本中请教过诗法。可贵的是,曾几并没有囿于江西诗法,反而用充实的内容使枯死的江西诗法活了起来。这种由"江西"入又突破"江西"陈法的诗学道路,在当时是有一定代表性的,它说明"江西"诗法作为一种创作手法,一旦与新的内容相结合,便会激发新的活力。曾几的诗对大诗人陆游影响甚深,为陆游悟到"功夫在诗外"的道理起了一定的促进作用。当然,过分注重形式的"江西"成法,也不是那么容易就能摆脱的,因此,曾几的诗不可避免地存在一些缺点和不足:过分重视诗法、投闲置散的生活经历,以及对禅学的青睐,使他的注意力过于关注形式的讲究,反映社会的广度和深度都显得不

够，风格总体上倾向清淡："清于月白初三夜，淡似汤烹第一泉"，没有陆游那些爱国诗篇那样的激烈而深挚。这可能是宋调由"江西"转向"江湖"的通病吧。

陈与义。本来是宗"江西"的，但在南奔过程中，现实生活给了他巨大的震动，促使他真正接近了杜甫的现实主义精神。《伤春》诗中，无一句关乎春景，全是对国事的深度关怀。作者高度赞扬了宋军将士抵抗侵略的英雄气概，对南宋朝廷的碌碌无为以及骨子里无意收复失地的懦弱，表示强烈的不满。满腔的爱国激情，与陆游不相上下。当然，从整体上讲，陈与义《简斋集》中的作品，有很大一部分是个人情趣的抒发，这只能说是受了清淡诗风和"江西"诗法影响的结果。南渡之后，陈与义仕途日渐顺利，与社会接触的机会也渐渐减少，其诗其词反映生活的深度也就有限了。不过，他的爱国热情，还可以从一些抒发乡国之思的作品中看出来。像他的《牡丹》诗，南渡以后，作为洛阳人处身江南十年，无缘再见故乡那富贵花卉，却在异乡溪畔，独立东风，面对他乡的朵朵牡丹，物是人非的悲感，在"独立东风看牡丹"的动作中，将无家可归的惨痛、"胡尘"入侵的愤恨、"庙堂"无能的不满，尽蕴其中，虽非大声镗鞳，却也感人至深。

在当时文坛更值得注意的一个现象是，强烈的爱国思潮渗入词中，使词在题材内容方面有了很大的突破，唱出了豪放派的最强音，让范仲淹、张先、苏轼、黄庭坚等人大力开拓的词境，得以

范仲淹

第八章
南宋前期文学

进一步发挥。其中代表性的作家有张孝祥、张元干、陈亮、胡铨等人。

张孝祥。据传他作词"未尝着稿，笔酣兴健，顷刻即成"，以抒发性情为主，其中多为爱国激情的真率流露，《六州歌头》即是这方面的代表作。从词乐上讲，《六州歌头》乐调本来就音韵铿锵、感情激越，全词主要以三字短句构成，长短相间，语促气迫，如珠走盘，音韵泠泠，气势磅礴，作者用来抒发报国之情，可以说是恰到好处。张孝祥的这类长调词，几乎篇篇都是感情充沛，词意浩瀚，如长江大河，一泻千里，这种词风跟北宋词人苏轼很相似，他的某些篇章，也达到了苏词的境界。如他过洞庭湖时所作的那首《念奴娇》，即被誉为是堪与苏轼的赤壁怀古词相媲美的佳构。词写船过洞庭，描绘中秋将近之时，月下洞庭三万六千顷水乡美景。可贵的是，作者面对如此的人间美景，并没有作逍遥闲游，而是由河山的壮美，激起强烈的爱国之情。词人心在江湖，"稳泛沧浪空阔"，但面对朗朗明月，深感"表里俱澄澈"，更自觉"肝胆皆冰雪"，无一丝一毫私心杂念，有的只是一颗爱国心！所以才（会）"扣舷独啸"，才激发"尽挹西江、细斟北斗"的满怀豪情！与苏轼的中秋词相比，虽然不如苏词那般飘逸，但意境的阔远却毫不逊色。只是苏词重在人生的思考，末尾不免消极出世，此词则意在抒发报国之心，整首词便一气贯穿，词情激昂，虽有感叹，但始终含有一种刚直之气。

张元干。其人一身正气，曾亲自参与抗金战斗，其词爱国热情异乎寻常地炽热和真挚。"靖康之难"十年后，高宗决定与金媾和，抗金功臣李纲上书反对，因言辞激烈被罢黜。张元干深感偷安可耻，十分愤怒，作《贺新郎》"寄李伯纪丞相"词相赠。词借昭君和亲事，谴责朝廷向金人屈膝求和。在"扫尽浮云风不定"的政治局势当中，诗人慨叹士气衰落，怅望关河，只能独于月夜起舞，身倚高寒，愁生故国，那气吞骄虏的激情，誓斩楼兰的气概，酣畅淋漓地体现出词人抗敌复国的雄心壮志。虽然末尾转入沉郁，却仍让我们在寂静中听到了不屈的呐喊。在另一首送给胡铨的词中，张元干也抒发了同样的爱国赤诚。绍兴十二年，胡铨因反对与金议和，得罪权相秦桧被除名，编管新州。当时士人因迫于秦桧权势，无人敢出面说话，无人敢为之送行。张元干却大胆地以《贺新郎》一首相送。全词毫无别离之际儿曹恩怨之态，而是陈述令人痛心疾首的事实：大好河山丧于敌国，九地黄流乱注；无数同胞沦陷异域，万落千村中野狐狡兔聚集；南宋统治者却一副"天意从来高难问"的姿态，无意收复失地，一振国威，更有甚者，抗战志士还受到迫害。全词感情激越，意态洋洋，既见爱国之情，更透怀才不遇之慨。

李清照。在众多的爱国作家中，李清照是较为特殊的一位，她从小受父母影响，打下了扎实的文学功底，前期生活较为安定，诗词主要反映其感情生活，风格婉约，清新流畅，如《如梦令》词，描绘藕花深处的归舟和滩头惊飞的鸥鹭，活泼而富有生趣。靖康国难，她不得不举家南渡，丈夫于途中病逝，她只能孤身一人在江南一带过着颠沛流离的生活。身经国破家亡之痛，使她后半生的诗词风格发生了巨变，充满了高昂的斗志和强烈的爱国热情。她留下来的诗虽然很少，但其中所饱含的爱国激情却是喷薄而出。在那首著名的五绝《乌江》中，她以历史上项羽兵败乌江，犹能捍卫尊严而不愿再过江东的事实，与南宋小朝廷的一味屈膝苟安进行对照，加以辛辣的讽刺，感情沉重，思想深邃，让我们不得不惊叹这位女作家豪迈的大丈夫气概！

作为一名才华横溢的女词人，李清照本来是主张"词别是一家"的。按照她的理解，词应该是形式精美的抒情诗，但是，血的事实改变了她对词的理解。在晚期的词作中，她更多地将满腔的怨愤和孤寂寄之于词，控诉国家动乱给她的生活带来的巨大不幸。这些作品，虽然以个人的生活为描写对象，却能以细腻的笔触，写出离乱中下层百姓共同的悲惨命运，从而使词情具有了普遍的意义。《永遇乐》"落日熔金"一词，以上片写今，下片忆昔，两相对照，形成鲜明对比。词人通过亲身的感受，摄取典型片段，反映那个时代百姓们普遍的呻吟之声、控诉之声。此词除内容深刻外，词在形式上也十分精美：词中利用变动的语气来强化声情：忆昔时，句句肯定，抚今时，连连疑问，往日印象的清晰，与眼前现实的迷茫，形成很好的对比，一个迟暮昏乱的孤寂老妇形象便透纸而出。她的另一首《声声慢》词里，更是以奇见胜，开头连用十四个叠字，而这十四字都发音短促，读起来哽哽咽咽，如泣如诉，大增悲感，给人以强烈的艺术震撼力。

大浪淘沙，在历史巨变之际，另有一部分文人则选择了逃避现实的人生态度，朱敦儒便是这方面的代表人物。跟陈与义一样，朱敦儒也是洛阳人，少年时期，身在洛阳，过的是"换酒春壶碧，脱帽醉青楼"的生活，词风沾染了流连光景的习气。南渡之后，避乱岭南。最初有感于国破家亡的现实，一度唱出苍凉激越的悲歌，如《相见欢》"金陵城上西楼"，很有苍茫之感。宋金对峙局面稳定后，他在嘉兴城南一带经营自己的别墅，过着世外桃源般的生活，主要用词来描摹自然景色，表现萧然世外的闲散心情，如《好事近》"渔父词"就是比较典型的例子，词中一点也看不出偏安政权下的危机感，若不结合当时的历史，完全是太平盛世的景象。还有叶梦得，也是取这种人生态度，但艺术成就不如朱敦儒，这里不再作具体分析了。

总而言之，宋室南渡，激起了强烈的战斗之音，但由于诗和词的情况不同，在"江西"诗派占据统治地位的情况下，一批受"江西"影响的诗人，要想一下子脱离"江西"的形式主义追求，显然是不现实的，因此，诗坛上的爱国最强音，要到陆游登上文坛之后才响起，而词坛在北宋后期，基本上是苏轼、贺铸等开创的豪放词风与周邦彦等大晟词人严守格律的词风分庭抗礼之势，而词因为句式长短不同、调式较多等优势，在抒情的灵活性上，较诗歌特别是律体诗歌要优越得多，因此，一旦矛盾激化，词坛上便战歌四起，虽然难免给人粗豪之感，但其中确实不乏精品，特别是稍后辛弃疾出现，以其杰出的创作，在表现手法、写作技巧等方面，都可以称得上是这类战歌的"集大成"体现，其艺术价值在文学史上是不容忽视的。

第三节　中兴四大家

南宋小朝廷一意偏安，无心复国，在接受金朝的屈辱和约后，总算换来了短暂的安宁——宋孝宗时期，进入所谓的"小元祐"时期，表面上看，民族矛盾和阶级矛盾都稍有舒缓，事实上，是又回到了北宋末期那种骄奢淫逸的老路上去了，深层里潜藏着更大的危机。这个时期的文坛上，出现了尤袤、陆游、杨万里、范成大这"中兴四大家"。以"四大家"为代表的诗人们，虽然基本上都是由"江西"入的，可贵的是，他们在前辈诗人的影响下，又能从"江西"出，与曾几、陈与义等人相比，他们在诗学思想成熟后，不仅努力摆脱江西诗派偏重形式的束缚，还努力开创新的局面。"四大家"中，尤袤留下的作品有限，现在看来成就不如其他三位，这里只简要介绍陆游、杨万里、范成大三位。

陆游。出身于一个世代为官又有文学传统的封建家庭。曾向"江西"诗派中的曾几学诗，是一位创作力非常旺盛的诗人，作品特别丰富，现存诗歌共九千三百多首。但是，跟"江西"诗人苦求"来处"不同，陆游是带着功名之心走上诗坛的，创作便少了为诗而诗的因素，多了借诗抒怀的成分。火热的生活，熔铸出炽烈的情感，在陆游的作品中，我们随时可以感受到他炽热的爱国情和赤子心。他年轻时即抱定"上马击狂胡，下马草军书"、"战死士所有，耻复守妻孥"的宏愿，壮年时犹自感慨"逆胡未灭心未平，孤剑床头铿有声"，直到暮年还在唱"一闻战鼓意气生，犹能为国平燕赵"的战歌。他的名作《金错刀行》，以铿锵有力的笔墨，描绘年届五十犹心存报国的"大丈夫"形象，抒发了"一片丹心报天子"的赤诚，而功名未成，"提刀独立顾八荒"的形象，又折射出诗人壮志未酬时的无奈和愤恨。《书愤》一诗，又可见他"塞上长城空自许"的悲愤，诗人痛感人生短暂和世事艰难，那种"大道如青天，我独不得出"的李白式的失意，困扰着诗人。直到临死前《示儿》一诗，还要告诫后人："王师北定中原日，家祭无忘告乃翁！"这份执著，真的不是一般人所可比拟的。

面对陆游，我们有几个方面要将他与"江西"诗派区别开。首先，陆游很注意借鉴、吸取前辈诗人成功的创作经验。这也许是受"江西"诗派索求"来处"的影响，也许是一种内在的自觉，但与"江西"诗人不同的是，他的索求，不仅仅局限于诗艺，一切著名诗人都在其师法的范围之内，包括屈原、陶渊明、李白、杜甫、岑参等风格迥异的诗人。他的诗中，既有屈原、杜甫那种坚定和自信，又有陶渊明的高洁和率真，更有李白的浪漫和岑参的奇瑰。在陆游的诗中，奇特的想象、瑰丽的意象、阔大的意境交相辉映，构成大气磅礴的诗境，读之有天风海雨扑面之感，颇具李白诗歌想落天外的气势，因此有"小李白"之称。其次，陆游诗歌的内容是十分丰富的，目之所见、耳之所闻、日之所思、夜之所梦，他都入诗。九千多首诗留存下来，平均几乎每天都必有诗作，这既是他勤于作诗、乐于作诗的表现，也是他精于诗艺、谙于诗技的必然结果。军旅的生活、战争的残酷、民生的痛苦、官场的腐败、月夜的妙悟、闹市的喜悦等等，几乎是无所不包的。最后，在艺术上，陆游也可以说是诸体兼擅的。在他的笔下，古体诗和近体诗都有佳构。对于古体诗的灵活多变、分段换韵等技巧，他了然于心，应用自如，往往能恰到好处地表达复杂多变和跳荡激越的诗情；对于近体诗的凝练整饬、格律谨严的特点，他又能很好地利用，借律诗的精练，传达深沉的感悟，借绝句的凝练，描绘闪现的灵感。读他的诗集，感到似乎各种体裁他都能信笔驱遣，各得其宜。当然，陆游的诗词并不是没有缺点，由于贪多务得，写得多了，也就写得滑了，圆熟之中，语言和意象都难免重复，篇章结构难免相似，情感意绪难免雷同，这是他敝帚自珍，吝于割爱的结果，这主要是整理和传播的问题，不能全部归罪于创作。

"四大家"中另一位特色鲜明的诗人是杨万里。从诗学渊源上讲，杨万里最初诗学"江西"，跟陆游一样，他后来也悟出了功夫在诗外的道理，受现实生活的教育，开创出意境新颖、形象鲜明、语言清新、雅俗共赏的"诚斋体"，形成跟江西诗派完全不同的风格。

"诚斋体"摆脱"江西"更为彻底，跟杨万里的充分自信有一定的关系。跟陆游的沉沦下僚不同，杨万里仕途比较顺利，生活相对安逸，而且，他于理学也很有自己的见解，形成了自己独特的审美观念。优裕的生活，与理性的自觉，给他的诗情注入了自信的血液，往往能在平常的景色当中，看出其背后活泼的本源，得出事物的真趣。我们今天常常讲

"诚斋体"清新流畅的好处，是由于作者一时的灵感，其实，灵感都有心源，只有审美的人生态度，才能看到一个审美的人生。或许是受"民胞物与"哲学思想的影响，诗人对一切景观都取平等对待的态度，既不是晏殊那种富贵达官的审美优越，也不是市井俗士的媚俗从众，而是一种"相看两不厌"的自在，因而显得特别通透，如哀梨入口，丝毫不给人粘滞之感。不过，这种对美的欣赏，终究取的是"局外人"的审美角度，诗人是审视者而不是参与者，也就是说，他描写的那些活泼清新的生活美景，是一种理想，是一种梦幻，读"诚斋体"的诗，读的是他的性情，是思绪通透的愉悦，是感受轻快的美、生活的趣，绝对不能指望从中透视汉魏乐府诗的强烈的现实关怀。

范成大。跟陆游、杨万里一样，范成大也受过江西诗法的影响，也能跳出"江西"的束缚。从生活经历来看，范成大似乎可以说介乎陆游和杨万里之间，陆游多年寄身军旅，杨万里长期栖身内地，范成大虽无军旅生活，却曾出使金国，作为使臣，一路北行，一路受现实的教育，因此，他不可能如杨万里那样理想，使臣追求和平的使命，又使他不可能如陆游那般高唱战歌。诗外功夫的不同，决定了诗歌的风格，同样是反映农家生活，范成大的四时田园杂兴，便不能像杨万里那么理想，要更贴近生活实际一些。作为一位关心民瘼的官员，范成大不再是一个纯粹的审美者，他一直对现实生活保持着接触和理解，对百姓疾苦虽不能感同身受，却也能深表同情。如《乐神曲》、《缲丝行》、《催租行》等诗，对处于水深火热中的平民百姓的艰苦生活，作真实反映，寄予了深切同情。在这类诗中，诗人将造成痛苦的根源，往往不是归结于天灾，而是落到人祸，重在揭示各种社会矛盾。这种诗学精神，跟汉魏乐府诗，跟杜甫、白居易的新乐府诗，是一脉相承的，这使他的诗情更显厚重，不像"诚斋体"一味尖新，却不耐久味。另外，值得一提的是，作为南宋使臣，在出使金国的途中，范成大通过对历史上敢于抗争的英雄如蔺相如、张巡、雷万春、韩琦等人的缅怀，寄予了他对不畏强暴、勇于拒侮者的钦佩，表达了他对铮铮铁骨的英雄们的无限崇敬，也为自己出使金朝、勇闯龙潭虎穴壮胆。这次出使所写的由七十二首绝句组成的大型组诗，在范成大的诗集中是有特殊地位的。

第八章
南宋前期文学

第四节 豪纵的辛词

北宋道学复兴，诗重"言志"，词走"缘情"。就词而言，经五代李煜、北宋苏轼、张先等人的改造，从娱情绮艳一变而为性情感发，又经周邦彦等大晟词人进一步格律化，词的抒情性和音乐性，都被更深一步挖掘了出来，让文人运用起来更加顺手，所以，南渡之后，能词、喜词之士更甚，又由于时代情感的需要，词情与爱国的热情相激荡，产生了一批爱国战歌的精品，到辛弃疾由北南归，以其豪纵之气统帅词坛，一举将爱国词推向了巅峰。

辛弃疾的一生，就是战斗的一生，颇有传奇色彩。他出生在被金人占领的地区，曾亲手建立一支抗金义军，后汇入另一支抗金大军之中。为壮声威，义军计划南归，因被叛徒破坏，义军蒙受巨大损失，辛弃疾率五十人袭入金营生擒叛徒，并将之缚送建康。

作为努力事功的人，辛弃疾由北而南，虽胸有大志，却难得一逞，一腔怨愤，无处发泄，便尽寄于词之中。为什么辛弃疾独好作词，而不喜诗？这是一个很大的历史之谜。从其文学传承来看，他是在山东长大的，北方汉子的个性和北方文化的影响都很明显，我们甚至可以联想苏轼任职密州时开始创作豪放词的历史，猜测那时的山东一带本来就有以豪放为词的风气。辛弃疾南来之后，这种张扬的个性，让他很可能自然而然就在文学创作上选择了豪放的风格；因为这种词风跟他的气性高度吻合，加上那时正好是个嚎叫的时代，一批被压抑的士子，借着民族矛盾的激化大声疾呼，借豪放歌词一吐胸中的豪情才气，抒慷慨之情，在彼此的唱和中，相互激励感发，汇成豪放词人群体。而辛弃疾为人直爽豪迈，纵酒使气，一掷千金，在这个群体中很有号召力，于酒酣耳热之际，信手填词，掷给歌儿舞女，豪情逸志，何以比拟。再说，与词相比，跟辛弃疾的气质个性对照起来分析，诗却有几个方面的不足：一是词能歌唱而诗在那时已很少歌唱了，辛弃疾作词是要人按乐谱歌唱的，不是写给自己或者别人看看的。二是无论古体近体，诗的句式都不如词那般长短参差，更宜表达起伏多变的情绪，遣词造句也不如词灵活多样。当然，在今人看来，词律较诗律更加严格，似乎创作起来更难一些，但是不要忘记，词在那个时代还是活在口中的歌词，词律也是活的，开口一唱就有了，不像今天这样失去了音乐的支持，纯在格律声韵中讨生活，就显得特别困难了。三是诗律因为简单和娴熟，在唐人和"江西"诗派创意为之后，反而很难出新意。除此之外，可能还有多方面的原因。总而言之，是辛弃疾选择了词，而且通过他的努力，给豪放词注入了新的活力。

不可否认，在辛弃疾的词中，我们首先感觉到的，是他以英雄自许或以英雄许人的豪气，这是辛词的感情基调。他以强烈的政治热情、豪爽的英雄本色、充沛的创作才力、多样的艺术风格，开拓了词的境界和题材范围，继承并发扬了苏轼开创的豪放词风，并将之推向新的高度，这便是"以文为词"。从题材来看，在辛弃疾的手里，词不仅用来抒发内心情感，还用作友人往还的书信、祝寿的贺卡、投刺的名片等。这在"本色"词人眼里，只能算是游戏笔墨而已，但辛弃疾及其同道，却乐在其中，这是从实用的角度、在"以词代文"层面上的"以文为词"。从手法上看，辛弃疾大量借用散文的句式、文法、表现手法，使词在精神面貌上与古文相通。如《沁园春》"灵山齐庵赋，时筑偃湖未成"一词，开始便展示出一幅万马回旋、众山欲东、惊湍直下的画卷，仿佛文人的小品，再以司马迁《史记》、相如门前车马比风雨之中十万青松龙蛇飞舞的雄姿，更是收纵自如，尽情挥洒，很有古文的气度神韵，全然不见词律的约束。诸如此类"说故事"式的写词方式，是在体裁、笔法上的古文化，很能体现"以文为词"的精神实质。这一点，在他的怀古抒情之作中，表现得更加明显。如《南乡子》"登京口北固亭有怀"，词人对"年少万兜鍪，坐断南山战未休"的英主孙权表示敬意，其迫切的建功立业的决心，显露无遗。在这类作品中，词人为了借古讽今，难免使事用典，后人便讥刺他"掉书袋"，滥用典故，似乎是"以文为词"的异化。对此，我们应该一分为二地看：他确

第八章
南宋前期文学

实喜欢用典,但绝大多数典故能达到使词意婉曲、词情多变的效果,化雪无痕,恰到好处,是应该肯定的,有的时候难免用典太过,到了"以书为词"的程度,"以文为词"过了头,但我们并不能因此一概否定他在这方面的成绩和效果。

另外还值得一提的是,辛弃疾除了大量抒发情怀之作外,他还继承苏轼所开创的农村词的传统,写下了一些优美的田园词。像《清平乐》"村居"、《西江月》"夜行黄沙道中"就是其中的佼佼者。这一题材方面的开拓,虽然不是辛词的主流,却是山水田园诗歌传统的延续,是山水诗在词学领域的反映。后世虽然类似的作品不多,能人也少,却始终法脉传承,不绝如缕,是词史中不可或缺的一泓涓涓细流,弃弃疾在其中所发挥的作用是不容忽视的。

由于辛弃疾在人格、词艺方面的号召力,也由于当时"江湖"文人的兴起,所以在辛弃疾的周围便形成了一个以他为中心的词人群体,后人称之为辛派词人。其中首屈一指者,当数陈亮。陈亮曾自评说:"堂堂之阵,正正之旗,风雨云雷交发而并至,龙蛇虎豹变见而出没,推倒一世之智勇,开拓万古之心胸。"(《甲辰答朱元晦》)其为人豪放由此可知。作为一名有志于事功的思想家,陈亮的作品中很少有儿女情长的成分。据叶适在《书〈龙川集〉后》中记载,陈亮每写完一首词,都会无限感慨地说:"平生经济之怀,略已陈矣。"而明人毛晋在《〈龙川词〉跋》中则说:"读至终卷,不作一妖语媚语。"可见他是用词来表达内心的"经济之怀",所走的正是苏辛等人"以诗为词"、"以文为词"的路子。他的代表作《水调歌头》"送章德茂大卿使虏"作为一首赠别词,表达的却是强烈的民族自豪感和抗战必胜的信心,辞锋犀利,词情激越,"尧之都,舜之壤,禹之封"等三个三字句,以史为鉴,句短情促,很能体现词人心中的愤激之情。同样的词人还有刘过。他曾在一首《贺新郎》词中,抒发自己的抱负和志向,但是,作为一介书生,刘过作为"江湖"中人,作诗填词,难免趋走下风,风云气概少,而书生意气多,整日"弹铗西来",却掩不住为衣食奔走之实,词中难免有叫嚣之病,后人批评他抒发豪情有余而表情婉曲不足,确实是切中肯綮之言。但是,这并不影响他的书生情怀,也许努力创作长调,是在谋求与辛弃疾等人的沟通,他的某些小令,便更见他的本来性情，其中有些是写得比较成功的，像《唐多令》"芦叶满汀洲"，含蓄精致，就是其中的代表作。

辛派词人除上述两位外，还有韩元吉、袁去华、杨炎正、刘仙伦、赵善括、张镃等人。词学成就都不如上面三位，这里就不再一一介绍了。

唐宋文脉
TANG SONG WEN MAI

第九章　南宋后期文学

第一节 概　要

南宋后期的一段时间，占据中原的金国渐渐式微，主要是因为北方蒙古政权的不断崛起，蒙古势力的威胁不断增强，而金国占有中原日久，安逸的生活，削弱了统治者的斗志和忧患意识，朝政日废，国力渐弱，这么一来，金为了对付蒙古，无暇南顾，对南宋的威胁就相对减轻了，宋金各守疆界，局面相对稳定。对南宋政权而言，偏安江南时间已久，宋金对峙的局面，大体上也为一般人所接受。

江南本是富庶之地，时局稍定便扇豪奢之风。史载北宋时从占城引进三季水稻，收成较前代更丰，对以食为天的百姓而言，自然是莫大的利好。长江流域及其以南地区，雨水充足，四季分明，正是水稻种植地区，因此，南宋虽每年输送给金朝大量财货，但只要没有战争的破坏，农民勉强可以自给自足，稍与休养生息，便可积累起财富迈向小康。生产力的提升，使一部分人可以从土地的束缚中解脱出来。再说，赵宋自立国以来，因为对武人的不信任，便行重文轻武之策。学校的兴办，知识的普及，一方面使广大士子力学入仕的思想有了现实的着力点，为士人阵营的扩大提供了前提条件，另一方面却因为国土狭小，官职数量有限，使大批的士子难以实现学而优则仕的梦想，只能漂泊江湖，以文才进身不成，便退而以文才谋食，这就为"江湖"诗派的出现和发展奠定了基础。但是，这些士人的心态，却又与传统文人不同。首先，南宋小朝廷的弱势心理，造成了整个社会心态的压抑，其次，这些新加入知识阶层者的精神状态、综合素养、学养根基、审美情趣等，都与传统知识阶层有一定差距，难脱市井的世俗，这些情况在当时的文学思想和创作实践中都有所反映。

就文坛而言，一方面，南宋初年那些由中原南渡的臣民们渐渐老去，民族矛盾也渐趋缓和，爱国的激情便渐渐消退，另一方面，是审美观念的主观化倾向渐浓，文风朝向精致清丽的发展方向迈进，如诗坛上"四灵"的清秀、"江湖"的圆熟，词坛上姜夔、史达祖等词人的瘦劲清雅，都是这种审美观念的体现。值得注意的是，在经过北宋的纯厚、南宋初中期的高歌之后，无论是诗还是词，都必须另寻新路，才有与前人对话的资格，"四大家"已经做出了很好的示范，但是，无论是"四灵"还是"江湖"中人，其人文素养与前贤相比，并无优胜之处，而另启新途又谈何容易，因此，总体上讲，"四灵"和"江湖"诗人，既没有魏晋时的超然物外，又缺乏盛唐时的豪迈激情，更没有北宋诗人的纯厚从容，艺术手法也难与"江西"诗派相比，因此，我们说诗坛已经无可挽回地开始走下坡路了。倒是以姜夔为代表的骚雅词派继承"江西"诗法，并将之引入词中，继续坚定地走以诗为词的路子，为词的进一步新变注入动力，将文人墨客的审美观念更加全面地内置于词中，彻底完成了词由民间转入文人的蜕变过程，因此，我们说词坛仍在向诗靠拢，虽然脱离了"艳科"的范围，但仍然"本色"，仍在走上坡路。在散文方面，这时是难觅大家，"道学"虽然复炽，却因与政治紧密结合，难得有思想上的灵光闪现，行文也以简略直白的语录体为主，思想价值和艺术成就都不能与北宋儒学复兴时相提并论。

第二节 "江湖"中的诗人

江湖诗人的得名，起始于一个偶然的事件：杭州书商陈起，因为个人的喜好，或者为了射利，陆续刊刻了一些有一定文化水准的诗人的集子，称之为《江湖集》。入选的诗人，大多是一些落第文士，于功名上不甚得意，流转江湖，靠献诗卖艺维持生计。由于这些人成分复杂，某些诗中难免影射对朝廷的不满，因而激怒了当权派，陈起因此获罪，《江湖集》也被毁版。这便是所谓的"江湖诗祸"。

本来，《江湖集》不过是书商陈起的个人行为，收录时也没有严格的标准，因为"江湖诗祸"，在文士阵营里反而引起了关注的热情，进入《江湖集》的诗人，或在文坛，或在政坛，只要略有起伏，便会引人注目，于是，这些人便被视为一个松散的诗派。其实，严格意义上讲，江湖诗派并不是一个有着独特审美追求、有着严格传承体系的诗派，而是指社会地位与生活境况相类似的松散的诗人群体。一般说来，江湖诗人可分成两类：一类是生活面比较广，对政治比较关心，好高谈阔论，以博时名之人，戴复古、刘克庄可为代表。另一类是生活范围比较狭窄，倾心于文艺，对政治漠不关心之人，"四灵"差不多可以算这方面的代表人物。下面分别作简要介绍。

戴复古。曾从陆游学诗，他在《论诗十绝》里推尊伤时的陈子昂、忧国的杜甫，对流连光景、戏谑文字的作风深为不满。其《石屏诗集》中，有一些抒发爱国情思和反映民生疾苦的作品，比较关心现实，指责时弊都很尖锐。就诗歌体裁而言，较"四灵"更为丰富，歌行、五古以及五、七言近体都写得不错，语言较为流畅，意境较为完整。如《夜宿田家》，自然流畅，用典妥切，代表了戴复古的风格。

刘克庄。此人能诗会词，就词言，是辛派词人中的佼佼者；就诗言，是江湖诗派中的重要成员。少年时曾经参军，足迹遍及江淮、两湖、岭南等处，仕途不顺，经历与陆游有些近似，作诗却不能如陆游那样执著热情。其《后村居士诗集》里，有许多作品是以一个下层文人的眼光，去看待当时不合理的社会，揭露不平等的社会现实，如《苦寒行》、《军中乐》、《国殇行》等，皆是如此。

应该说，戴复古、刘克庄反映社会生活，都有一定的生活基础，但是整体上创作成就，却不能与前代的大家相比，这可能跟诗歌发展到他们手上，体裁基本已经固定，而他们又没能新变有一定关系。还有一点，在他们的手上，诗歌的功能也有所改变，不再只是唯美的或者唯抒性情的工具，而附载了较重的逞才、投谒功能，甚至成了乞食的工具，诗歌被赋予了很大的商品价值。在"江湖"诗人的集子中，"打抽风"、奉和之作很多，夸饰之辞甚滥，动不动就十首八首一组、三和四和不休。主观上喜驾轻车、就熟路，创作之初已很少感情投入，摇笔即来，漫不经心，读起来当然也就味同嚼蜡了。除此之外，还有一个重要的因素，就是：在朱熹之后，南宋理学大盛，刘克庄、戴复古游历江湖，曾入当时名儒真德秀之门，对朱熹的理学十分推崇，这种思想渗入他们的诗作，又使其诗作难免有"头巾气"。"头巾气"与"迂酸气"相杂糅，几乎成了他们作品的通病。诗中喜欢发议论、讲道理，却又不能像苏轼等北宋诗人那般通透，出之以形象思维，给人以清新的意境和鲜明的艺术形象。

当时江湖诗人中较有名者，还有赵汝遂、方岳等，他们的诗在内容与艺术上更少特色，就不再作介绍了。值得一提的是，我们后面还要提到的姜夔，今人对他的了解，主要在词，其实，他是一个年辈较早的江湖诗人，他的诗也曾被刻入《江湖集》。在诗歌创作上，姜夔走的是"四大家"的路子，初学黄庭坚，后改学晚唐，长处在于善炼字面，字句精巧工致，却不落痕迹，尤其是一些小诗，清妙秀远，富于悠远的意蕴。读《除夜自石湖归苕溪》、《过垂虹》、《姑苏怀古》等诗，诗笔细腻，情调恬淡，语言自然新巧，颇有晚唐绝句的味道，可以感觉到一个久历江湖，敏感多情的诗人形象。但姜夔在文学史上的影响，却在其词，因为他虽然诗风精工，却无新创之功，至于填词，他却另创法门，把"江西"诗派中的一些手法，用到词的创作上去，一新词体，提升词格，加上又精通音乐，善自度曲，所以他便成为词学史上不可或缺的重要一环，其江湖诗人的身份，反而被人遗忘了。

再说永嘉"四灵"。"四灵"是指当时生长于浙江永嘉的四个诗人：徐照，字灵晖；徐玑，字灵渊；赵师秀，号灵秀；翁卷，字灵舒，因为他们生于永嘉，且字或号中都有一个"灵"字，便被合称为永嘉"四灵"。严格地说，永嘉"四灵"也属于江湖诗派中人，只是由于他们出自一个特定的地域而且诗风大体一致，因而显得突出。"四灵"或为布衣，或仅做过小官吏，没有什么社会地位。低下的社会地位、胸无经济之才或无经济之志且专意于诗文的生活目标，使他们乐得清闲。"爱闲却道无官好，住僻如嫌有客多"(徐照《酬赠徐玑》)，"有口不须谈世事，无机惟合卧山林"(翁卷《行药作》)，对现实采取一种消极随缘的态度。在美学追求上，"四灵"主要以晚唐诗人贾岛、姚合为师法对象，专工近体，尤其是五律，借清新刻露之词，写野逸清瘦之趣。今天看来，"四灵"的可贵之处，不在思想性上，而在艺术性上：他们往往能用精练的语言刻画寻常的景物，炼字锻句却不露斧凿之痕，既纠正了"江西"诗人以才学为诗的习气，又没有完全滑入"江湖"的圆熟之境，将诗情更多地向创作主体的才性、气质等方面延伸，妙运机趣，使诗情振起，不坠恶俗，所以才在"江湖"诗派中显示出特有的亮色。

第三节 骚雅词派

骚雅词派是词史上的一个重要概念，主要是指南宋后期以姜夔为代表的词人群，他们严守词格，锤炼词语，熔注词情，创新词境，深刻隐晦地传递文人的情怀，抒发作者对人生、世态、社会的体悟，使词进一步摆脱市俗特色，进一步文人化、典雅化，并以其高超的词艺，将宋词推到一个后世难以企及的高峰。后人评论说词至南宋，始极其变，也始极其工，就是指此而言。

姜夔早岁孤贫，往来长江中下游及江淮之间，动荡的生活，开拓了他的视野。中年以后，长期住在杭州，寄食于当时以清雅著名的张镃兄弟和范成大家中，以吟诗作词博得赏识，踪迹便不出太湖流域。范成大、张氏兄弟都有清雅之趣、园林之胜、声伎之娱，所以在这段时间里，姜夔的诗词中江湖游士的生活感慨逐渐减少，豪门清客的色彩便越来越浓。这样的生活轨迹，还让姜夔更加自觉地精研文字，创意为文。就诗而言，他处在"江西"向"江湖"过渡的位置，其诗既有"江西"诗派精练瘦劲的一面，又有"江湖"诗人清高与无奈的情感，这其实是一种尴尬：回归"江西"，不可能超越"一祖三宗"，迈向"江湖"，又感前路茫茫，所以在诗歌方面不太可能有大的建树。但是，在词的领域却又不同：由于有"江西"诗学的底子，在炼字造句上下过苦功，将"点铁成金"的手法，拿来运之于词，使词情更显婉曲要眇；又有较高的文学和音乐修养，能自度乐曲，擅长按谱填词，这就为进一步开拓词境留下了巨大的空间；同时，清客的身份，也使他更倾向于填词以获得认可：引市井之声翻新出奇，借檀板红唇，作娱情、逗才之用，在比喻、象征之中，寓寄情怀，得骚人之旨。这么一来，词风上就呈现出明显的特征：在格律上、词品上、手法上、抒情的技巧上逗才，继承并发展北宋周邦彦以来精工细密的词学道路，使词品迈向"骚雅"之途，重词艺的精研，轻题材的开拓。后人多用"骚雅"二字来评价姜词，就是这个道理。

姜夔的词，多长调曲，很注意谋篇布局，讲究层次结构，擒纵之间，变化跌宕，抒情写意，错落有致，往往有往复回环的美感。如《暗香》一词，以梅喻人，寄托情思，意象朦胧，寄托遥深。月色与梅花相互勾连，现在跟过去彼此穿插，在绵绵不断的思绪之中，透露出词人清高的人格理想与清绝的审美追求，是十分典型的姜夔式骚雅笔墨。姜夔还有一些纪游、咏物之作，以精工的语言，构成清幽的意境，寄托落寞的心情，情感上虽然无甚可取，艺术上却相当精致，达到了很高的水平。

这种骚雅词风，精致的词风折射出雅致的品位，正是文士情趣的典型，因此在"江湖"文人那里越来越受欢迎，代表性人物不在少数。他们的一个共同特点，就是不重词的内容，也不太关心词的情感寄托，却十分重视词艺技巧，片面追求词的音律严整，不苟填一字，却严分四声。如史达祖、高观国等人，结社分题咏，几乎把作词当成了文字拼接游戏，还企图造出新的意境，比之姜夔，内容却更加单薄，用意更加尖巧，语言更加雕琢，更有甚者，几乎将文字游戏演化为文字谜语，某些作品，如果不看题目，竟很难猜到它的所指为谁。这种词风也有向好的方向发展者，而且在后来又出现了分裂：一派走向密丽，代表人物是吴文英。他虽从姜夔等人的骚雅派入，但并不完全遵守其审美追求，而是用密丽的意象，繁缛的辞句，装饰晦涩的词情，有时让人难于索解。沈义父《乐府指迷》引吴文英的词论说："盖音律欲其协，不协则成长短句之诗；下字欲其雅，不雅则近乎缠令之体；用字不可太露，露则直突而无深长之味；发意不可太高，高则狂怪而失柔婉之意。"是这一派的理论表白。另一派走向清空，代表人物是张炎。这一派追求词意的意脉贯通，讲究谋篇布局，于过片等紧要关键处以虚语映带，以便使整篇词情转换跳宕，纵然炼词炼句，也强调炼而至于不炼，以达到化雪无痕的效果。张炎对吴文英那种直露的炼字锻句，是持否定态度的，因此在其所著的《词源》中批评吴文英的词是"如七宝楼台，炫人眼目，碎拆下来，不成片段"，可见二派之间于词的美学追求是有一定对立的。

到宋末的时候，清空的词风渐渐占了上风，直到南宋覆亡，王沂孙、张炎、周密等人在国家濒临危难之时和国破家亡之后，在词中抒发忧时之思和亡国之恨，就是用"清空"的词笔去作曲折的表现。如王沂孙所描绘"病翼惊秋，枯形阅世，消得斜阳几度"(《齐天乐》"咏蝉")的秋蝉，"前度题红杳杳，溯宫沟、暗流空绕"(《水龙吟》"落叶")寄托遗民身世凄凉的落叶等，都是如此。而且，由于这时民族间的矛盾比较激烈，社会环境并不宽松，所以在选词造句方面更加慎重，有时便借用密丽派装饰性的辞语来眩人眼目，将密丽的词风糅于清空之中，有二派合流之势。不可否认的是，这样的词风在反映社会现实的深度、广度和力度等方面都不可能有大的作为，但其结构的精美、意境的营造、音韵的谐美等，都达到了相当的水平，足以在词史上留下一席之地。

第四节 宋末的绝响

宋理宗端平元年（1234），江南的南宋与漠北的蒙古联合起来，南北夹击，灭亡了统治中原多年的金朝。金亡之后，宋蒙边境相接，南宋这时才意识到，唇亡齿寒，江南的半壁江山直接受到蒙古铁骑的威胁。蒙古军队经过三十多年的不断南侵，于1279年灭亡南宋。这是一场江南农耕文明与漠北游牧文明间血与火的冲突，在那时的先进文明败给落后部落文明的事实，震惊了整个社会，一批作家如文天祥、谢翱、谢枋得、郑思肖等人，大声疾呼，以刚健的文字，表达出坚定的信念和誓死不屈的决心，以农耕文明蕴育的精美制度为支撑，显示出强烈的民族自尊与自豪。与此同时，这一翻天覆地的巨变，使另一批文人如汪元量及宋末的词人们，面对部落文明的狂野，摇头叹息，遁迹山林，面对残山剩水，倾诉国破家亡的痛苦，形成感慨遥深的遗民文学。

先看抗争者的战歌。宋末抗争的战歌，文天祥唱得最响亮。文天祥的一生，是不断与命运抗争的一生，早期因仕途与自己的命运抗争，中年以后因民族矛盾与国家的命运抗争。在与元军抗争过程中，他以诗文记录心迹，成《指南录》，其中最著名的如《过零丁洋》诗，诗人对于自己出仕后的被排挤、国难日重时的为国靖乱等生活，只以"辛苦"二字概括；于四十年的风风雨雨，以"干戈寥落"交待，却用浓墨重彩抒写山河破碎后那如焚的忧心；最后"人生自古谁无死，留取丹心照汗青"两句，表达宁愿杀身成仁，也要留下一片忠心的坚定决心。重青史而轻生死的态度，显示出传承文明的豪迈与自信，诗情激越，掷地有声。千百年来，这两句名诗，便成为无数仁人志士的人生准则。在整理这本诗集时，他在《后序》中追记了当时仓惶南奔的情形，诗人用朴实的语言，历陈一路的艰难险阻，倾诉其九死一生志在恢复的心情，读起来十分感人。

入元之后，身陷囹圄的诗人，还在狱中写下许多表达自己决心取义成仁的诗篇。其中，最能反映他这一思想的，应该首推《正气歌》。从这首诗前的《序》中，我们可以看出，文天祥是有所守的，他强调一个人的精神受"正气"支配，而很少受环境影响，他所说的"正气"，就是孟子所讲的浩然之气，是得天地之正的气！在《正气歌》中，诗人将之诠释成炽热的爱国之情和坚贞的民族气节，使"正气"脱去一般道学家的中庸解释，突出了战斗者赋予它的深刻内涵，虽然从艺术上讲，《正气歌》未必那么精致，但其战斗性、思想性却是值得肯定的。狱中，文天祥还用唐代大诗人杜甫诗集中的成句，重新加工成二百首五言绝句，诗下注明其所历、所思、所见、所闻、所感，很有杜甫"诗史"的味道。在《〈集杜诗〉自序》中，诗人说："昔人评杜诗为诗史，盖以其咏歌之辞纪载之实，而抑扬褒贬之意灿然于其中，虽谓之史，可也。"明确表示自己这么做的用意，就在于以诗存史。对历史的看重，几乎贯穿于文天祥的一生。将个人生死视为历史上的一环，将历史视为个人的精神家园，这种人生价值取向，在古代知识分子当中大多以潜态存在，只在文天祥这里，才表现得如此突出。除《指南录》和《集杜诗》外，文天祥还有《指南后录》和《吟啸集》两个集子。前者为作者手定，后者为他人辑刊，主要是收录他被俘北行及在狱中的作品。在这些诗中，作者感时伤事，揭露蒙古贵族和军队的残暴，谴责南宋君臣的昏庸无能，讴歌抗元义士的英勇行为，表达自己坚定不移的赤子情怀，几乎每一首、每一字，都是从火中淬取，掷地有声。

跟文天祥一样，具有爱国气节的，还有谢翱、谢枋得、林景熙、郑思肖等人。谢枋得跟文天祥都是宝祐四年同年进士，文天祥为甲科第一，谢枋得为乙科第一，另一位丙科第一是陆秀夫，就是那位在南宋灭亡时，最后背负幼帝赵昺投海自尽的大臣，三人都以节义闻于世，因此，宝祐四年开科号称得人。跟文天祥一样，谢枋得也抗击过元军，也因兵力悬殊，接连失败，后被迫改姓易名，在福建山村中以卖卜教书为生，但不改志节。他写诗表白自己决不易志仕于异族的心怀，在《庆全庵桃花》中，作者以梅自喻，见高洁情怀，诗意婉曲，却风骨凛然。宋亡之后，元政府几次派人到江南寻访遗贤，谢枋得都是大名在上，但每次他都严辞拒绝。最后一次被迫北上，他于临行前写下《北行别人》遗诗，后来果真绝食而死，实现了自己的诺言。

再来看遗民们的哀吟。

林景熙。临安沦陷时，林氏寄寓会稽王英孙家。元恶僧杨琏真迦贪恋珍宝，掘宋帝后陵墓，抛荒遗骨。事发后，林景熙与唐珏、王英孙、谢翱等人一起，冒着生命危险收拾遗骨，改葬兰亭，植冬青树为识。这是当时遗民圈里的一件大事，在他们那些遗民文人的作品当中被多次提及。"冬青"一词，在他们的诗词中，几乎是葬帝后遗骨的特定代名词。这类诗词都写得较为隐晦，主要是为了避免迫害，是不得已而为之，一片孤忠情怀。

郑思肖。其人原名不传，宋亡后改名思肖，字忆翁，号所南，坐必南向，寓不忘宋朝之意。在宋末遗民中，郑氏是最没有顾忌的一位，诗文中所表达的，都是一心向宋，不愿与新王朝合作的态度。诗文之外，长于画兰，宋亡之后，画兰不画土，根须毕露于外，人问其故，他直言不讳地回答："地为番人夺去，汝犹不知耶？"表现出铁骨铮铮的民族气节。

汪元量。宋末宫廷琴师，以琴艺供奉谢太后、王昭仪，既非官吏，亦无功名，地位低微。元军攻陷都城临安后，跟宋宫诸人一起被押解北上。一路上以诗歌记下元军的种种罪行，抒发对宋朝败亡的感慨，表达了爱国情怀。到大都后，曾到狱中探望文天祥，专门为他演奏《胡笳十八拍》。文天祥就义，又写下《浮丘道人招魂歌》八首，表达沉痛哀思。后自请为道士，得南归钱塘，遁迹于湘、蜀、赣、浙一带，不知所终。诗集名《湖山类稿》，其中多数是以诗存史的作品，记载了宋元之际乱世之中的所见所闻、所思所感，为我们留下了弥足珍贵的历史资料。如《醉歌》（其五）记述谢太后投降时的情景，《醉歌》(其十)摹宋廷降将在新朝中的丑态等,都是如此。他还有《湖州歌》,共九十八首之多,表达对故国的哀思,长歌当哭,一腔爱国之情,尽在沉郁哀怨之中。从情感表达的方式上讲,汪元量的诗既不学抗争诗人的大声疾呼,也不似遗民词人那般痛苦哀吟,而是纯作客观描述,尽量不显现主观意见,但统治者的无能、侵略者的跋扈、南宋君臣的无耻,却在平实的记述中,被揭示得淋漓尽致。诗人的愤恨和无奈,则隐然诗外。当然,这种诗风以淡雅见性情,隐然有永嘉四灵的影子,精读其代表作,会给人举重若轻之感,但读得多了,就难免给人轻灵有余而沉郁不足的印象,脱不了"亡国之音哀以思"的调子。

跟汪元量诗风相类的,还有真山民、何梦桂、许月卿、方凤、梁栋等人。不再一一介绍了。

第十章 辽金文学

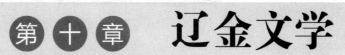

唐宋文脉
TANG SONG WEN MAI

第一节 概 要

　　首先应该明确的是，辽和金两个少数民族政权与两宋对峙，辽金文学，是两宋时期中国文学的有机组成部分，包括当时与宋对峙的西夏，其文人创作的成果，也都是这个时期中国文学的一部分。由于资料的限制，这里先简要介绍辽、金文学概况，西夏文学发展的情况，将来再作补充。

　　辽是契丹族建立的国家，最初建国于五代后梁末帝贞明二年（916），至宋徽宗宣和七年（1125），为金所灭，中间主要与北宋对峙，长达一百六十六年。金是女真族建立的国家，建国于北宋徽宗政和五年（1115），至南宋理宗端平元年（1234），为蒙古所灭，中间主要与南宋对峙，前后一百零九年。

　　辽和金，以及后来蒙古族建立的元王朝，彼此兴替，相互更迭，从本质上讲，都是我国的少数民族政权，它们同北宋、南宋的长期对立、争锋、媾和、包容，是民族融合过程中呈现出来的特殊形态。对此，我们应该作全面、公允的分析：首先应该看到，以某个民族为主的政权，其社会组成并非全是某个单一民族，往往是以民族群的形式存在的；其次，战争作为解决民族矛盾最激烈的手段，其破坏性是极其巨大的。但是，历史地看，在中国历史上不同民族政权间的矛盾，激化到用战争来解决的时间，与彼此和平共存、"互市"贸易的时间相比，毕竟是短暂的，民族间友好相处、互通有无所

促成的民族间的理解、融合,以及由此形成的民族间的凝聚力,是巨大的、不可忽视的;最后,反观历史发展的轨迹,有着共同文化积淀的民族间的战争,不可能阻止民族间的文化交流,其最终结果,总是以民族融合为归宿的,这与现代意义上国与国之争的矛盾冲突、争战交锋,性质是完全不同的。

第二节 借才异代

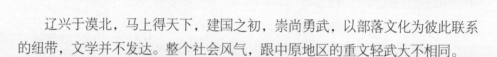

辽兴于漠北,马上得天下,建国之初,崇尚勇武,以部落文化为彼此联系的纽带,文学并不发达。整个社会风气,跟中原地区的重文轻武大不相同。

随着辽国势力的不断南进,受汉文化影响逐渐加深,久而久之,普通百姓和王公贵族甚至皇室成员,都乐于接受汉族文化。辽道宗时,皇后萧观音作诗,已具相当的水准。萧观音在道宗不再宠爱她时,写有十首《回心院词》,抒发她宫中生活的苦闷,辞情缠绵哀怨,颇能感动人心。

辽虽为金所灭,但其于文化上的积累,却并没有因此消失,而是为金所继承。金人女真文化与辽文化融合后,随着金朝很快灭亡北宋,又大量容摄汉文化,这种"借才异代"的方式,使其社会文化很快丰富起来。因此,如果要简略地描述金朝前中期文学发展的脉络,大致可分为三个阶段。

第一阶段,建国之初,以女真族部落文化为核心、以尚武为特色的社会文化占据主要地位,文学上少有建树,基本没有什么对后世产生较大影响的作家和作品。

第二阶段,在借武力先后灭亡辽和北宋政权之后,文化上容摄覆亡政权的因素日渐增多,总体呈现出不断汉化的轨迹。这时活跃在金朝的文士,基本上都是辽、宋旧臣,在他们的文学作品里,满怀故国之思却又不得不仕立异朝的矛盾、痛苦的情感，得到了婉曲的反映，典型的代表如：宇文虚中、吴激、高士谈等。吴激的那首《人月圆》词，兴亡之感寓于大量典故之中，感情指向集中于故国情思，用典虽多，却不堆垛，反而促使读者联想到他身仕异朝、心迹难于表露、行事说话小心谨慎、作诗为文婉转曲折的拘促和痛苦，在品味其含蓄蕴藉的同时，又平添几分同情。

第三阶段，金朝立国既久，与宋朝和多争少，国力渐盛，文化上进一步汉化。其时，金世宗、金章宗等金朝皇室对汉文化颇为青睐，这为汉文化在金朝的进一步发展提供了有利条件。这时的金国，出现了不少以文学擅长的侍从之臣，如蔡珪、党怀英、赵秉文、王庭筠等。他们的诗文，在整个古代文学的历史长河中，未必呈现出独特的异彩，却让人看到了金代文学渐趋成熟的特色。那时，文坛有"苏（轼）王（安石）之学兴于北"的说法，这说明金代学人多喜抒发豪纵之情，与北方贞刚之气的文学传统有一定的关系，也与他们格律未精有一定的关系，但是，他们的气质胆识、文学修养短期内都不可能达到苏轼、王安石的境界，因此，整体水平与苏、王相比，自不可以道里计。这个时期出现的某些豪迈雄壮之词，如邓千江的《望海潮》"献张六太尉"，折元礼的《望海潮》"从军舟中作"等，颇能代表金词的成就。再者，还应该看到，对宋代士风的欣赏，也使他们染上了某些不良的习气，如北宋人的雕琢摹拟、内容贫乏之弊，在他们的作品中也已经出现。

第三节 元好问的集大成

金代后期，北方蒙古族迅速崛起。1214年，金宣宗被迫南渡，河北尽失，此后金朝不断衰败，社会日益动荡，士气低迷，文风也开始衰变，忧时伤乱渐成主调。

那时的社会风气，很容易使人想起"安史之乱"后的唐朝。事实也正是如此，随着时势的变化、国家危机的不断显现，唐诗中那种强烈的干预现实的精神越来越触动诗人的良知，文坛风气渐渐改变，诗人作家越来越远离追求形式主义的宋人而向唐人靠拢，以唐人为师法对象渐成主流。对此，刘祁在《归潜志》中有过比较全面的介绍：当初赵秉文等人都坚持以宋人为师，但在他们教导后辈作诗的时候，却开始重视唐诗的价值，并且暗自模仿唐诗。赵元、宋九嘉等人都写了一些反映现实的诗篇。宋九嘉的《途中述事》诗，将表现的对象锁定为逃荒避难的贫民，展示了一张兵荒马乱的流民图，在精神上仿佛杜甫的"三吏"、"三别"，只是其学力诗艺都远不及杜甫，才很少被人关注。

在金朝后期那批作家中，最著名的当数元好问。元好问自幼即受到较好的文化教育，能诗善文，诗、词、文都有相当的成就。二十七岁时，蒙古军南下，他从家乡流亡到河南。三十二岁中进士，出任过县令等微职。流亡的生活、国家（金朝）的覆灭，激起了他强烈的爱国之情。作为当时金朝的著名文人，金亡不仕，回乡从事著述，编纂了《中州集》和《壬辰杂编》等书。又曾参与修撰金史之事，虽未完成，却为后来修金史者提供了许多可靠的材料，保存了大量金代作家的作品。

元好问的诗歌主要继承了现实主义的传统，以金元之际的社会矛盾和百姓们的痛苦生活为主要题材，不仅在当时负有声誉，也是我国文学史上的杰出诗人。在金朝灭亡前后，元好问写了大量反映现实的诗篇。"高原出水山河改，战地风来草木腥"（《壬辰十二月车驾东狩后即事》），战乱景象，让人触目惊心。汴京陷落后，元好问被蒙古军驱遣至聊城，沿途所见，更使诗人悲愤不已，促其写出了许多激动人心的诗

第十章 辽金文学

篇。如《癸巳五月三日北渡》其一、其三,《续小娘歌》其三、其八,《雁门道中书所见》等等,都是其中有代表性的篇章。这种遗民的故国情怀,很容易让人联想起宋末文人的哀吟,所不同的是,元好问更多地将注意力集中在内容的表现上,直抒胸臆、长歌当哭,而不是如南宋末年诸人即便是承载着亡国的巨痛,犹斤斤于诗艺词律。与他这类感时伤事之作的沉郁顿挫相呼应,元好问的写景诗,大多从大处落笔,构思奇特、气势宏阔、描绘生动,如《台山杂咏》、《游黄华山》等,读之大有身临其境之感,体现了其人的精神气概。

  元好问的词在金代也独树一帜,颇具代表性,置之于宋人词中,也毫不逊色,甚且有出蓝之势。其豪放之什,入苏轼之室,清丽之篇,得稼轩之趣,又有婉约细美之作,清秀流美,多是抒发悲壮胸怀,一段天然纯真,颇有北宋词活色生香品味,不似南宋词人匠气浓厚,在金词中成就最高。

  总体上讲,辽、金两朝大致与两宋对垒,就文学成就而言,辽不及北宋,金不及南宋,但从文化发展的角度看,由辽而金,却呈现出不断进步、不断汉化的轨迹,特别是元好问,其文学成就较之两宋诸人绝不逊色。这除其秉性气质方面的内在原因外,还得益于他转益多师,全面继承、吸收了汉文化的优秀成果,并能为其所用,从而形成独特的风格。对此,他在《论诗绝句》中有过明确的表示:他不仅继承了自建安至李白、杜甫等诗人的优良传统,而且,全面地向包括曹氏父子、刘琨、陶渊明、陈子昂、韩愈等古代优秀作家学习,大量地、全面地吸收自古以来汉族杰出文士的成果,熔铸陶冶后,独自树立,自成大家。这是元好问在金朝"集大成"的意义所在。不仅如此,元好问生活于金元易代之时,金亡之后,南宋也是日薄西山,文坛日趋沉寂,元好问在这个时候于文坛突出群雄,虽然他的作品总体上不如宋末人那么精致,但情感、气势上,却更胜一筹,如果我们抛弃民族偏见,完全可以称之为辽、金、南宋文学的"集大成"者。还有一点需要说明的是,元好问的"集大成"的意义,不仅仅是对辽、金、南宋文学作了一个很好的总结,更重要的是他的文学创作与文学思想深刻地影响了后代文人,特别是元代文人。所谓继往开来,是绝对不容忽视的。

  最后补充一点:宋代城市经济发达,市民阶层数量大增,市井文学因此不断走向高潮,金灭北宋后,金人继承并发展了这一文化。金朝的杂戏(院本、

157

诸宫调等）有了相当的发展。南宋经营江南多年，至南宋末年，市井文学也有了新的发展，不仅形式多样，而且达到了相当高的艺术水平，特别是话本（说话人"说话"用的底本）和杂戏（南戏等）已相当成熟。这些民间的艺术形式，经过在民间的蓬勃发展，到元朝统一后，由于新王朝对知识分子采取压抑的政策，迫使文人走向市井，最终导致元杂剧的蔚兴，并迅速走向高峰。这方面的资料收集工作和相关的论述，王国维、郑振铎等可以说是蔚然大家，限于篇幅，这里就不再展开了，想说明一下的是：元杂剧的兴起，不是一夜之间的事，也不是无源之水、无本之木。

  十四年前，我在上海大学曾开过一门介绍唐宋文学的课，当时正是学校迎接教育部本科教学评估的紧张时期，课程建设的任务压得很重。我那时刚从复旦大学中文系毕业两年，教学经验实在欠缺得很，每次上课前都要作充分的准备，即使有现成的文学史教材在手，也不敢有丝毫的放松，因为担心照着教材给学生理一理，效果不够好，于是着手自己编讲义。校方知道后，很鼓励我把这些东西整理一下，冠以书名出版出来，我便拼凑手边能看到的各种文学史照办了。

  现在想来，那时真是胆大妄为得很：因为时间促迫，必须在教育部评估小组进校检查前出版出来，所以拼凑之后，连读一读校一校的时间都没有。等出版之后再看，简直就是千疮百孔，令人目不忍视。在我出版的几本小书当中，这是最叫我痛心的一种。上海大学工作了大约三年，这门课一直在上，但我从来不敢向学生提起有这么一个东西。离开上大的时候，我连样书也没有拿走。

  因为工作调动，几乎十年都没有再揭这个伤疤了。去年，上海开放大学成立，我跟朋友偶尔谈起这段不光彩的往事，他们却建议我好好整理一下，作为开放大学的教材重新出版，也算是找个机会向读者道一个歉，用后来的努力，去求得读者的原谅。我想这可能确实是个比较好的途径吧，便答应下来。等到真正动手修改的时候，又多次为难，几次停笔。一是好久不弄专业了，学术早已荒疏；二是只能挤零星的时间整理，前后难以贯通，效率一直不高；三是开放大学对教材要求很高，我写的这部分内容，学生们都耳熟能详，可能有不少人比我理解得还要深还要透。在半年多的矛盾、挣扎过程中，我把原来的稿子作了重新整理，按照自己的理解作了梳理，删减了不少细枝末节的东西，感觉基本上脉络清晰了一些，文字上也通顺了不少。为了避免有文字错讹，在书稿初成之后，还发电子邮件给自己的学生校了一次，确实又抓出了不少的错误来。

需要特别说明的是，书中借鉴了大量专家学者的思想观点，考虑到作为一门选修课的教材，我在行文时有意不作注释，尽量少用引文，因为很担心自己对专家学者们的学术观点阐述得不够准确，所以我都没有注明出处，如果有的地方扭曲了专家学者们的学术观点，那肯定是我采用"拿来主义"时出了问题，是我理解上的偏颇，只能算作是我的偏见了；如果有的论述能博得方家会心一笑，那算是我学得了一点皮毛，在这里对相关专家学者深表感谢。

现在，书稿总算初步完成了，在进行章节编目的时候，仍然感到惴惴不安，仍然觉得芜蔓。我想，读者未必会接受这个道歉吧，那只好等将来修订的时候，再作努力了。

夏 秋
2013 年 6 月于旧金山旅途

图书在版编目(CIP)数据

唐宋文脉/夏秋编著. —上海:复旦大学出版社,2014.1
ISBN 978-7-309-10135-5

Ⅰ. 唐… Ⅱ. 夏… Ⅲ. 中国文学-文学史研究-唐宋时期 Ⅳ. I209.4

中国版本图书馆 CIP 数据核字(2013)第 243119 号

唐宋文脉
夏　秋　编著
责任编辑/邵　丹

复旦大学出版社有限公司出版发行
上海市国权路 579 号　邮编:200433
网址:fupnet@ fudanpress. com　http://www.fudanpress.com
门市零售:86-21-65642857　团体订购:86-21-65118853
外埠邮购:86-21-65109143
常熟市华顺印刷有限公司

开本 787×960　1/16　印张 10.5　字数 157 千
2014 年 1 月第 1 版第 1 次印刷

ISBN 978-7-309-10135-5/I・806
定价:33.00 元

如有印装质量问题,请向复旦大学出版社有限公司发行部调换。
版权所有　侵权必究